Martin Schmitz Verlag

Bibliografische Information Der Deutschen Bibliothek
Die Deutsche Bibliothek verzeichnet diese Publikation in der Nationalbibliografie; detaillierte bibliografische Daten sind im Internet über http://dnb. ddb. de abrufbar.

ISBN 978-3-927795-58-7

Satz/Cover: Sybille Fuchs Grafik
Druck: Grafische Werkstatt von 1980 GmbH | Kassel

Jamal Tuschick

# GROBZEUG IM RINDERMIX 2 & 3

Der Krampf geht weiter

*»Es is kaa Stadt uff der weite Welt,*
*die so merr wie mei Frankfort gefällt,*
*un es will merr net in mein Kopp enei,*
*wie kann nor e Mensch net von Frankfort sei!«*

R. S.

*The road to hell is paved with good intentions.*

GRETE

Wir kamen durch eine Märklinlandschaft. In der Nähe von H. besuchten Grete und ich einen Musenprinz mit Mephistofrisur. Seit zwanzig Jahren fotografierte Erich eine zähe Gothicbiene namens Heidemarie. Grete sagte: »Wie so eine ihr Elend dekoriert, das bleibt sehenswert.«

Kuchen wurde uns zwischen Kübeln voller bedeutsamer Asche angeboten. Bevor Erich auf Heidemarie abging, hatte er vulkanische Landschaften in Skandinavien fotografiert. Heidemarie schwor den Experten auf ein Schwarzweisskunstgewerbe mit Accessoires und verspielter Peinlichkeit ein. Heidemarie schreibt & singt und trägt ihren erotischen Unrat gernmal im Gernegroß vor. Im Übrigen sitzt bei Heidemarie jeder Schlag ins Kissen.

Hausarbeit ist für sie etwas Buddhistisches. Sie ist auf kein Geschlecht festgelegt und einmal sehr an Grete interessiert gewesen. Grete war dann auch für Inszenierungen mit Rosenblättern und Gummihandschuhen zu haben. Sie gestattete Erich, Fotos von sich auf der Heide zu machen.

Heidemarie fing an, Gretes Haar nationalsozialistisch zu flechten. Nazischeiß zählt in heimlicher Weise zu ihrem Schick. Ihre Gerissenheit machte sich unauffällig, aber ich sah klar, worauf Heidemarie hinaus wollte.

Grete spielte den Gastgebern einen Konzertmitschnitt der Hellbilly Boys vor, aufgenommen im Rokkikellari von Seinäjoki. Sie war auch schon im

Rokkikellari von Seinäjoki und hat seitdem einen finnischen Fanclub. Der Vorsitzende ist hauptsächlich Tangoliebhaber. Auf seine Empfehlung hin hörte ich mir Vaaralliset huulet beim Kreuzotterfest in Tübingen an.

## DER SÄXISCHE SEXOMAT

Vornehme Landeier stellten sich ein, sie hatten einen ostdeutschen Toyboy dabei. Er war nicht mehr jung, in seiner lackierten, an Applikationen reichen Monture sah er extrem dependent aus. Hieß er Rico? Ich glaube, er hieß Rico, auf jeden Fall hatte er in Leipzig eine Ausbildung zum Fachassistenten der Pathologie absolviert, wäre aber lieber Turnhallenwart geworden. Er gehörte zu der Sorte berlinernder Sachsen. »Bisschen verkehrt gucken und schon geht die Welt in Ordnung«, verkündete er.

Ich pflichtete ihm bei. Darin bin ich gut, ich gebe Leuten gerne recht. Rico hatte mit Leichen gekegelt und ihnen die Zähne gezogen. Die Zähne waren von der Verwandtschaft noch gebraucht worden. Die Assistenten liefen mit ihren Zahnarztbestecken wie Klempner über die Friedhöfe der DDR.

Rico bezeichnete sich als Sexautist und so auch als Sexomat. »Ich bin ein säxischer Sexomat.«

So kamen wir nicht weiter. Ich zog mich in ein Gästezimmer zurück. Irgendwann tauchte Grete auf, ihr stand der Sinn nicht nach Provinz pervers mit Heidemarie und Erich und dem säxischen Automaten. Grete war aufgedreht, sie sang »Ausziehen und Votze lecken«

à la »if the devil's got a daughter I got her in my arms. She drinks Gin and water when she hears those, lonely country songs«. Sie schlug mich mit läppischem Schwung, ich kam mir ein bisschen blöd vor in meinen Boxerkurzen und so einem ausgesuchten Leibchen auf dem zwar failure is not an option stand, aber eigentlich Horst hätte stehen müssen. Grete fickte mich mit einem Strapon, ich bin nicht immer passiv. Sie schrie: »Auf sowas wie dir bin ich früher zur Grundschule geritten.«

Randgruppenwitze kann man auf meine Kosten eigentlich nicht machen. Mit mir ist die schweigende Mehrheit.

Das Laken signierte Grete mit einem Marker, sie gibt auch ungebeten Autogramme. Sie stellte endlich fest: »Nachts Dildos, morgens Müsli. Wie langweilig ist das denn?«

Das ging schon voll gegen mich. Weihnachten stand vor der Tür und im nächsten Augenblick war Silvester und ich saß mit Grete und ihrer wahnsinnigen Mutter auf Koh Samui in einem Strandrestaurant vor Tom yam.

## ELBARNO

In Leipzig sang Grete in der Nato. Sie trug die Elbarnoballade vor. Die Namenskreation verbirgt die wahre Identität eines spät erst, dann aber gründlich vor die Hunde gegangenen Tausendsassas. Er hatte mit den Beatles am Anfang ihrer Laufbahn zu tun gehabt. Als Musiker war er bekannt geworden, als Lebemann und stiller Teilhaber von diesem und jenem lange eine hanseatische Erscheinung geblieben. Pleite, polytoxikoman und von der Welt vergessen, fand ihn Grete zufällig als Nachbarn hoch unter einem Frankfurter Dach, in einer Flucht trostlos verlassener Buden. Elbarno nistete wie eine traurige Schwalbe im Gebälk. Grete begeisterte sich für die Tristesse.

Man bekam viel voneinander mit. Die Kammern ergaben sich aus Einteilungen mit Presspappe. Elbarno stand schon bis zu den Knien im Dreck. Wie aufräumen geht, wusste er nicht oder es war ihm egal. Grete organisierte für ihn ein Benefizkonzert. Sie engagierte einen Studenten als Putzkolonne. Sie zerlegte Trennwände. Den Korridor nutzte sie als Lager. Elbarno wurde zutraulich. Er kam in Gretes Unterkunft, wenn sie nicht da war, stellte seinen Wein und Kram in ihrem Kühlschrank kalt und trank gegebenenfalls auch ihren Wein. Grete mochte ihn sehr, seine verhangene Art, die abgelebte Kraft. Manchmal passte er unpassende Augenblicke ab, um sie zu besuchen. Dann stand er wie blind in der Tür und sah vermutlich alles.

## OMAS STOLZ

Ein heftiger Wortwechsel zwischen Grete und der ostholden Veranstalterfreundin ging einem Streit voran. Grete mobilisierte ihren Roadie Rouven. Der nordhessische Redneck hatte sich als Gretes Liebhaber um größere Aufgaben beworben. Er konnte alles fahren, alles reparieren und wieder gerade biegen. Er war ein Rigger vor dem Herrn, so schwindelfrei wie ein Mohawk. Vielleicht ist das übertrieben.

Rouven versammelte seine Schäfchen, drei Hansel und ein paar Fans, die Rouven alle mit Namen und von Gelagen als krass auf der Gasse kannte. Ich zählte nicht.

Die schlankweg kurzen Hellbillies nahmen umgehend Gegenstände zur Hand, um Sachbeschädigung zu betreiben. Die Sachsen waren auf Personenschäden aus. Grete sagte bewundernd: »Rouven is so committed to his work.« Der Satz sollte als Zeile in einem Lied wieder auftauchen.

Bald war die Schlacht geschlagen. Es ging, glaube ich, nur darum, den Rücken gerade gemacht zu haben. Jedenfalls war man einander überhaupt nicht mehr Gram. Irgendwann entdeckte ich Grete auf dem Schoß des Veranstalters - und dessen Freundin, ich sag jetzt mal in Rouvens Armen. Mir fiel ein, dass ich sie schon einmal gesehen hatte, als aus Welsau gebürtiges Bildzeitungsmontagsmädchen mit einem Bilderbuchbusen und der Unterzeile: »Meine Oma ist stolz auf mich«.

## HANK WILLIAMS III.

In Berlin trat Grete vor dem dritten Hank Williams in einem gastronomischen Fingerhut auf. Hank hatte Grete Avancen gemacht, gleich bei ihrer ersten Begegnung in Lubbock, Texas. Er hatte sich auch bereit gefunden, sie ihrem Idol zuzuführen, seinem Buddy Willie Nelson.

Es stimmt schon, wenn Grete von sich behauptet, nicht von dieser Welt zu sein. Mondsteingeschöpf wäre noch zu nahe liegend, um hier irgendetwas zu illustrieren. Da hat was einen viel weiteren Weg aus dem All zurückgelegt, um sich zu inkarnieren. Ich dachte das Wort Meteoritenmädchen, freute mich darüber wie über jeden Fund, bis mir klar wurde, dass das nur eine Variation des Sterntalerthemas ist.

Ich dachte dann auch noch an Lavawesen, womöglich bloß, weil Grete gerade so glühte.

»I saw her naked when she was a beauty of the world«, behauptete Hank von einer Schauspielerin, die jeder kennt. Ein Pulk bildete sich um die Celebrities. Ich driftete an den Rand der Erregung. Ich hätte unbemerkt absaufen können, so unsichtbar war ich.

Wattierte Jacken polsterten eine verregnete Gegend. In den Augen schwarzer Riesen war ich Beute. Die Hünen kesselten halbwüchsige Orientalen ein. Ihre Gesichter waren tribal artig geschmückt. Ich hielt die Araber zuerst für Laufburschen, dann sah ich aber, dass sie auf Augenhöhe verhandeln konnten. Ein Blick führte wie ein Strahl durch den menschlichen Verhau zu mir.

Man konnte mir allerhand wegnehmen und warum sollte man das nicht umgehend tun?

Ich wendete mich ab, ich stand in einem Rechteck aus haushohen Leuchtreklamen. Auf einer Wand wurde eine fleischige Frau erkannt, wie es so schön in die Bibel heißt. Da fand Milfsex statt, mit einem Mann, der mich an meinen leichtfertigen Erzeuger erinnerte. Er hatte eine Genspur quer durch Europa gezogen.

»Gefällt dir das?« Heidemarie fragte mich das so aufgesetzt nympho-monoman.

»Ich bring dich zum Hotel«, erklärte sie zur beschlossenen Sache. Ich habe was an mir, dass manche Frauen herrschaftlich werden lässt. Andere fragen mich, wie ich nach meiner Abtreibung aus der Mülltonne gekommen bin.

Obwohl sie deutlich kleiner war als ich und sich deshalb strecken musste, nahm mich Heidemarie unter ihren Schirm. Sie ließ nicht zu, dass ich ihr den Schirm abnahm. Ihr Rucksack war ein ausgesuchtes Stück.

Ich dachte, sie benimmt sich wie eine Gastgeberin.

Ich wollte nicht abgeführt werden. Mich lockten die Bars auf der Strecke zum Hotel, ich wollte unbedingt weiter trinken und auch noch einmal Hank sehen. Ich schubste Heidemarie in einen Wartesaal für Wohlhabene. Von dem Barkeeper erwartete ich etwas Entmutigendes, eine kleine Gemeinheit vorab. Neben mir wirkte Heidemarie als bessere Pomeranze, wie ein Sparkassengeschöpf, das eine Romanze mit dem verheirateten Filialleiter anstrebt.

»Wo bist du untergekommen?« fragte ich. Nicht, dass mich das interessiert hätte. Wir stießen an, ich lauerte auf ihr Trinkwort. Sie sagte Wohl bekomm's, das hatte ich lang nicht mehr gehört. Heidemarie trug blickdichte Strumpfhosen und außerdem Kniebundstrümpfe. Es fehlten nur die Schweineschwänzchen.

Das Hotel lag in seiner Pracht zwei Ecken weiter. Ich hoffte, Hank irgendwo auf der gewaltigen Grundfläche zu begegnen, doch war alles so zugestellt und glänzend, dass ich, geblendet und irritiert, nach schnellen Lösungen strebte. Ich fürchtete die Schmach eines Dienstbotenerlebnisses. Ich unterdrückte den Wunsch, Heidemarie von meiner Kellerzeit als Küchenhelfer zu erzählen.

Wir standen in einer Glasröhre, die vertikal abging. Mitreisende redeten auf amerikanisch über ein klassisches Konzert. Ich könnte so ein Konzert mit Geigen und Triangeln niemals genießen, es würde mich nicht entspannen und heiter stimmen nach einem aufreibenden Tag.

Heidemarie sah sich im Zimmer um. Es war für die Ärmeren bestimmt und dabei so nobel ausgestattet wie noch kein Raum, in dem ich übernachtet hatte. Die Badewanne war eine raffinierte Vertiefung. Ich ließ Wasser ein und kramte nach einer Flasche Champagner, die ich ins Zimmer geschmuggelt hatte, mit der Absicht, sie kalt zu stellen. Daran hatte ich dann aber doch nicht mehr gedacht. Also würde es warmen Champagner geben. Für mich war das großartig genug.

Ich entkorkte die Flasche in der Wanne und verstand das auch als Einladung. Heidemarie wollte nicht baden. Sie kniete am Wannenrand und massierte meinen Nacken und die drapierten Arme. Ab und zu nahm sie einen Schluck aus der Pulle. Ich erwartete esoterischen Mist.

Heidemaries Wahnsinn verbarg sich aber unter einer anderen Stufe. Sie packte alten DDR-Käse aus,

»das war doch eine Lüge, dass wir keine Butter hatten, uns fehlte bloß das Papier zum Einwickeln.«

Ihre Kostümärmel verfärbten sich. Warum zog Heidemarie nicht wenigstens die Jacke aus? Ich wandte mich ihr zu, das heißt, ich beschrieb einen Halbkreis in der Wanne. Sofort griff sie nach meine Füßen. Ich zweifelte daran nicht, dass Grete die Nacht anderswo mit mehr Spaß verbringen würde.

## DU HAST DAS NORDEND NICHT KAPIERT

Es geht immer noch verdrehter und gerade um die Sonderstellung des »es« in der Grammatik, wenn ich das richtig verstanden habe. Toni diskutiert mit Britta. Diese beiden zählen sich auf sehr unterschiedliche Weise zur indigenen Bevölkerung des Nordends. Britta findet daran nichts Besonderes, während Toni sich für das Schmuckstück am Nabel der Welt hält. Für Toni ist Bornheim weit weg, das ist der Stadtteil auf der anderen Straßenseite. Ihr ständige Feststellung lautet: »Du hast das Nordend nicht kapiert«. Ihr Zuhause erhebt sich bourgeois über der Anlage des Gernegroß. Von der Warte ihrer Wohnzimmerperspektive erscheint das Imperium so geduckt und geflickt wie strohgedeckte Stallungen im achtzehnten Jahrhundert. Man sollte annehmen, dass alle schon bei Toni aus dem Fenster geguckt haben, aber so ist das nicht.

## KOFFEINFREIER KANINCHENBRATEN IM PARK

»Ich putze aus Prestige nicht«, erklärt Texas wahrheitswidrig. Er ist Spezialist für den Dreck im Park. »Im Park« gehört zu den geläufigsten Begriffen des Gernegroßpersonalzirkels und bezeichnet ein wiederkehrendes, sechswöchiges Trallala mit Konzerten im sommerlichen Grüneburgpark. Der harte Personalkern besteht aus zehn Leuten, die alle »im ersten Park« angefangen haben. Das war vor langer Zeit und ein bisschen wie im Paradies insofern, als dass alle noch gleich waren.

Texas erzählt von koffeinfreien Kaninchen, er echauffiert sich ohne Widerhall über das faschistische Gesundheitsgedöns der Mütter im Viertel. Vergeblich renommiert er vor Tanja. Er versucht immer noch, sie für seine Mafia zu rekrutieren, für diese Posse handverlesener Frankfurter Spitzenleute, die inzwischen sonstwo leben und wahrscheinlich auf der ganzen Welt keinem so egal sind wie Tanja. Sie mag nichts Grandioses, trotzdem war sie lange mit Texas zusammen.

WAS SOLL ICH DAMIT?

Sie will rauchen. Noch einen Wein. Es darf Grauburgunder sein. Heidemarie hat mal wieder vor zwanzig Zahlenden alles gegeben und dabei eine Begeisterungskulisse wie bei einem zehnmal größeren Auditorium geschaffen. Wie immer, wenn sie die Bühne des Gernegroß bespielt, ist das Personal geschlossen zur Stelle. Tanja schenkt nach, wir streifen uns in den freundschaftlichen Akten der Bewirtung. Unser Lebenswandel nimmt uns füreinander ein. Ich freue mich jedes Mal auf die gemeinsame Dienstagsschicht. Inzwischen teilen wir uns sogar die Vorfreude tel. mit. Es ist so perfekt mit Tanja.

»Die Menschen des Mittelalters haben doch auf das Irdische nichts gegeben. Die wollten in den Himmel kommen und die Hölle vermeiden. Darum ging es denen. Nun stellt euch vor, so ein Typ aus dem Mittelalter würde in die Gegenwart befördert. Was dann los wäre.«

Texas redet so, auch wenn ihm keiner zuhört. Man darf von ihm nichts Zusammenhängendes oder zum

Thema Passendes erwarten. Er spannt Heidemarie vor den Karren seines Jammertals: »Du könntest aus einem Telefonbuch singen und mir kämen immer noch die Tränen«. Texas sagt dazu, dass Boris Vian das über Edith Piaf gesagt hat.

»Boris wer?« fragt Britta mit automatischer Verachtung. Sofort geht das los: »Es gibt nur einen Boris und der heißt Rudi Völler.«

Vorgestern überfuhr ein Mann mit seinem Auto aus lauter Verärgerung einen Fahrradfahrer auf dem Alleenring. Gestern hat Britta einen Selbstversuch an ihren Haaren vorgenommen, der mit einer Not-OP von einem Hagestolz seines Fachs auf der Goethestraße korrigiert werden musste. Heute kauft Texas Heidemarie ein Buch ab und lässt es sich für Tanja signieren. Aus der Übergabe macht er ausnahmsweise keine große Sache.

»Was soll ich damit?« fragt Tanja.

»Weshalb war der Autofahrer verärgert?« fragt Toni.

»Wie alt mag Justin Hayward sein?« fragt Heidemarie versonnen wie bekloppt. Ihr ist noch nicht nach Hotel und dem in der Isolation einer verbrauchten Kammer unabweisbaren Muff der zweiten Lebenshälfte.

»Zweiundsechzig«, antwortet Texas. Er weiß auch, wie The Moody Blues zu ihrem Namen gekommen sind und wann und wo die Band gegründet wurde, nämlich 1964 in Birmingham. Michael Pinder kam auf ihren Namen, angeregt von Duke Ellingtons »Mood Indigo« und dem Umstand, das damals, also zur Hochzeit der British Invasion, in Birmingham alle Clubs mit der Brauerei »Mitchells and Butlers«, kurz »M & B« verbunden waren. Texas hat »Tuesday Afternoon« in der Tasche, Heidemarie möchte das Lied hören. Ihr fehlt jede Ahnung, wie lächerlich sie den Gernecrossies mit ihrem Wunsch erscheint. Alle sind extrem gelangweilt von diesem Ausflug in die Steinzeit des Rock, angepisst um einmal genau zu sein.

Ich führe Texas' Tonträger dem Sony zu, er reagiert widerwillig. An einem Mittwochmorgen im dritten Jahrtausend passt »Tuesday Afternoon« noch nicht einmal einer Maschine. Verärgert hatte den Autofahrer, dass der Radfahrer bei Rot die Straße überquerte, obwohl Kinder an den Ampeln standen. Tatsächlich auf beiden Seiten der Straße, wie er bei der Vernehmung hervorhob.

Texas erfindet Zitate. Mit allem spricht er immer nur Tanja an, die in der Rolle der Gleichgültigen glänzt. Das war bis vor Kurzem anders. Gehütet hat Tanja den alten Mann und ihm den Arsch hinterher getragen und alles Mögliche nachgesehen und niedlich gefunden bei ihrem Leevsten. Tanja arbeitet auch in der ambulanten Altenpflege, die Gelegenheit für einem Beziehungswitz wurde verpasst.

Texas nutzt sämtliche Gelegenheiten, die Heidemarie ihm in ihrer Verblendung bietet, die murrende Mehrheit gegen sich aufzubringen. Texas bleibt Schnittling auf allen Suppen, ob es um »Hells Bells« geht oder die BAM-Nummern von Feuerwehrskörper. Heidemarie kann zu AC/DC nichts sagen, das freut allgemein, obwohl AC/DC unumstritten ist, aber Texas ist schon bei Ritchie Blackmore und der Geschäftsidee Deep Purple in der aktuellen Besetzung.

»Spiel 'Highway Star'«, verlangt er, als sei ich Plattenbeauftragter in Greisenheim. Ich habe Machine Head daheim, mit dem Hinweis auf »Monoabspielbarkeit« und der grafischen Hör Zu-Ecke auf dem Cover. Das verrate ich nicht. In der Umgebung meiner Kindheit trug man den Kamm in der Arschkippe oder in einer Spezialtasche am ausgestellten Hosenbein. Deep Purple gut zu finden, war schon intellektuell.

»Du weißt nicht, was ormigen bedeutet?« fragt Texas. Um elf sind bei ihm schon alle Lampen an. Mitunter grenzt Texas an Terror in seiner Generalität, zumal dann, wenn man außerdem wegen einer über Gebühr langen Zigarettenpause der Kollegin von der Notwendigkeit eines Klogangs irgendwie absehen muss. Ich muss morgen unbedingt Teelichte bestellen, die mit vier Stunden Brenndauer, hundert Stück für vierneunzig.

Ich gebe meine Ahnungslosigkeit zu, das fällt mir nicht schwer.

»Ormig war ein ostberliner Hersteller von Matrizendruckern«, erklärt Texas mit seinem verheften Kathederkopf. »Die Apparate wurden in der DDR samt und sonders registriert. Dieser Staat fürchtete bis zu seinem Untergang alle möglichen Verbreitungswege der freien Rede.«

Wenn schon. Viel interessanter finde ich die ultrahessische S-Schleife in seiner Rede. Im Dunnast, wie Tanja sagen würde, kommen bei Texas silbenseltsame Verbindungen von komplizierten Wörtern und volkstümlichen Betonungen zustande. Ich weiß nicht, wie absichtsvoll.

Das Buch für Tanja ist am feuchten Tresenende liegengeblieben. In monumentaler Wiederholungsbereitschaft seiner Vorurteile verlangt Pontifex Norbert Nasenschweiss verkündungslaut, dass ich mit ihm gemeinsam Texas für die Nummer Eins unter unseren Crashdummies halten soll. Norbert schnauft vor Verachtung und schlechter Gesundheit. Sein Kinn könnte man jederzeit als Hals ansprechen. Bei ihm sind alle Übergänge fließend. Selbst in seinen schlichten Ablehnungen wirkt Norbert belehrend. Ich speise ihn mit einer Notdurft von Zustimmung ab, mein Opportunismus rollt mir die Zehennägel auf.

Texas scheint auf seinen Ohren zu sitzen. Seit einiger Zeit residiert er mehr oder weniger als Einpersonenrandgruppe vor der Rückwand des Geschirrschranks. Nach der Hausordnung im Gernegroß ist das der letzte Platz am Tresen. Ich bin noch nie in die Verlegenheit gekommen, ihn einzunehmen.

## KLONDIKE DES KLOSTEINS

Britta meldet sich kleinkariert zurück, ich lege die Schürze ab, froh in Erwartung eines Moments der Ruhe vor gekachelter Kulisse. Ich habe viel Zeit in Kneipen verbracht und dabei meine Sinne geschärft: für all die Nebensachen und für den noch nicht ganz aufgegebenen und deshalb zum Beispiel in der Sanitärsphäre abgestellten Kram, so wie Schirmständer, Vasen, Telefonbücher und Schnapsglaskollektionen. Ich sehe so was gern, keine Ahnung warum.

Ich fürchte meinen sauren Atem. Die Fishermans Friend Wildcherry ohne Zucker habe ich zuhause vergessen und Brittas Discounterkaugummis sind leider ein Gaumengraus. Vielleicht noch nicht mal aus Versehen hat Britta vorhin ein burlesk verpacktes Kondom aus der Handtasche gezogen, ein Requisit aus der Man-weiß-ja-nie-Abteilung ihres Lebens. Das war ein trauriger Augenblick unserer täglichen Vorabendserie, bei einem doppelten Espresso und einem extraspritigen

Birnenbrand aus Norberts unantastbarem Bestand. – Britta mit dem Kondom in der Hand und weit und breit keiner, der es ihr recht machen könnte.

Ich ahne einen Zahnschmerz in nächster Zukunft, in der Holzklasse macht man keine Karriere, noch nicht mal auf dem Klo hat man seine Ruhe. Durch die geschlossene Scheißhaustür vernehme ich Eintrachtgefasel. Die Koksbaroness unterhält den Fürsten der Finsternis mit Fußballwissen. Das sind Figuren aus der gastronomischen Nachbarschaft des Gernegroß. Das Kabarett teilt Haus und Klo mit einer Apfelweinkooperative. Um Präsenz zu zeigen, trete ich gegen die Tür. Die Baroness reißt sie auf und fragt: »Weißt du, warum mein Hausarzt seine Praxis im dritten Stock hat?«

Auf ihrem Shirt steht: »Fühlt euch alle gefickt«. Einen Fanschal trägt sie als Scherpe. Das gibt ihr etwas von einer lateinamerikanischen Freiheitskämpferin mit neapolitanischen Vorfahrinnen. Neben ihr erscheint der Fürst wie ein verknautschter Außerirdischer mit durchsichtigen Ohren und heruntergelassenen Hosen. Er thront auf dem Klodeckel und zwar vollkommen gleichgültig, aber keineswegs weggetreten. »Was redest du mit dem Arsch?« fragt er.

»Gibs doch zu, wenn du‘s nicht weißt, verlangt die Baroness, während sie ihre von perlendem Schweiss genoppten Drüsen unwirsch zurechtrückt. Unter den Pinkelbecken verläuft immer noch die alte Pissrinne, dieser Klondike des Klosteins.

»Der weiß doch gar nichts, genau wie Hennie Nachtsheim«, sagt der Fürst. Die Baroness bedenkt ihn mit einem zweifelnd-forschenden Blick.

»Das Arschloch«, kartet der Fürst nach.

»Damit kein Gehbehinderter kommt«, erklärt die Baroness. »Das hättest du dir auch denken können.«

Der Fürst: »Der kann doch überhaupt nicht denken. – Der oder die Arschloch.«

»Wahrscheinlich hast du recht«, entgegnet die Baroness, abrupt von einem Sinneswandel bis zur Nachdenklichkeit erfasst. (Immer wieder schön, Leute in die Nachdenklichkeit abgleiten zu sehen, die sich der Voraussetzungen für Nachdenklichkeit längst begeben haben.) Fast sacht schließt sie die Tür.

»Ich wünschte, ich hätte mal nicht recht.« Das klingt aufrichtig gequält.

## KEIN TYP FÜR DUFTKERZEN

Tanja rockt das Haus, zu meiner Freude. Sie hüpft auf der Stelle. Ein Verhaltensrelikt aus der Pogowelt, schätze ich, ist das. Aus norddeutschen Kellern, die Dissen genannt werden, nach Frankfurt am Main als Lebhaftigkeitsbeweis abgeführt.

Tanja winkt beidhändig wie eine Faschingsfee. Im Wechsel und synchron. Dabei ist sie in ihrem Seestrandbadkaff doch so weit weg vom Narrhallamarsch und seinen Vereinskameraden aufgewachsen.

Die Frau neben Tanja ist meine Freundin. Mineke und Tanja waren zusammen im Kino, zum wiederholten Mal invertierte Vaqueros im Original gucken. Letzte Woche haben sie »Walk The Line« gesehen, Reese Witherspoon bekäme bei mir jederzeit einen Job.

Mineke steckt im Ornat ihres Liebreizes, heute Nachmittag war sie ganz anders unterwegs. Ihr Begrüßungskuss hat Wiedergutmachungscharakter, bloß weiß ich nicht, ob ich in ihrer Stimmung bin.

Früher hat Mineke an sich herumgeschnippelt. Davon sind Asinarben zurückgeblieben. In unserer guten Zeit sah ich sie wie Stammesmerkmale an. Es ist aber schon alles ziemlich verkackt zwischen Mineke und mir. Auch in dieser Nacht werden wir bestimmt nicht gemeinsam nach Hause gehen.

Tanja und Mineke lassen ein Spielzeugpolizeiauto vom Sperrmüll auf der Theke rasen. »Das Dreckscheißding hält keinen Zentimeter die Spur«, schreit Mineke, als wäre sie die Lebensfreude in Person und nicht etwa eine Borderlinertrulla.

Ich poliere Gläser, um Abstand zu gewinnen.

Winnie, das Klo, kommt barbarisch aus der Küche der Kooperative. Angefangen hat er als Gott unter Spülern, jetzt steht er als Hilfskoch allein. Winnie grüßt lauter in die Runde als habe er im Gernegroß Freunde. Das Klo will einen Espresso. Bier trinkt es nur »kellerkalt«. Unter seinen Fingernägeln gedeiht Petersilie.

»Hast du das Spiel gesehen?« fragt Winnie blöd. Jeder Feldweg ist klüger. In seiner verjährten Auswärtigkeit zieht Winnie es vor, die Eintracht verlieren zu sehen und hat deshalb nichts zu lachen.

In den Gesichtern der verbliebenen Gäste haust das öffentliche Desinteresse an ihren Biografien. Es geht ein Rioja, an einen Tisch mit vier Leuten. Sie waren jung als ein Dj noch Leben retten konnte und Dampfbügeleisen zum Haushalt gehörten. Ich dimme das Saallicht mit einer neuen Einrichtung namens Slave.

Britta führt Arbeitsschritte verlangsamt vor. Abgerichtet in ihren alltäglichen Angestelltenverhältnissen, bestimmt für sie die Uhrzeit den Feierabend. Ich treibe sie ein bisschen an, Britta kommt mir mit Scheineifer und vorsichtshalber auch mit prämenstruellen Beschwerden entgegen. Sie hat eine schlichte Fassade und noch nicht einmal eine nennenswerte Haarfarbe. Sie frühstückt gern früh und ausgiebig, mit Brötchen und Bildzeitung. Ich kenne sonst niemanden, der das tut und nicht alter Proll ist. Den Freundinnen verkündet Britta »den Anmarsch der Roten Armee«. Zutiefst angebracht fände sie es, nun nur noch an dem Gespräch von Tanja und Mineke teilzunehmen. Vorderhand werden Damenkranzangelegenheiten besprochen. Im Damenkranz haben sich die Kassenmädchen, Thekenfrauen und unsere Techikerinnen zusammengeschlossen. Seine Gründung geht auf eine Anregung von Mineke zurück. So bringt sie sich in Spiel.

»Themenwechsel. Geschlechtskrankheiten«, sagt sie. Mit der Aussicht, ein Paar zu werden, sind wir vor drei Jahren aus einer Nacht im Gernegroß hervorgegangen. Den Tagesanbruch wollte Mineke im Günthersburgpark erleben. Sie sagte Gpunktpark. Das kannte ich schon. Die Nacht hatte ihr Gesicht vermottet, ich fand Mineke auch vorher nicht unbedingt hübsch. Die ersten Läufer überholten uns, wir kommentierten ihre Beinarbeit. Mineke äußerte sich sachkundig, zu meiner Beruhigung. Ich erzählte von den ökumenischen

Gottesdiensten jedes Jahr zu Fronleichnam im Park. »Happy Kadaver« war mein Wort dafür.

Mineke kam ohne Erklärungen für den Zustand ihrer Wohnung aus. Eine liegengebliebene Unterhose trat sie unter einen Klamottenhügel. Mir fiel nichts Denkwürdiges ein, bei Mineke wurde auch nur die Miete abgewohnt. Ich war froh, dass sie ihre Duftkerzen kalt ließ, wenigstens bin ich kein Typ für Duftkerzen. Das Gothicdekor fand ich egal-makaber, die Matraze auf Paletten bestätigte den Rest. »Nimmst du mich jetzt?« fragte Mineke, das immerhin war etwas überraschend formuliert. Sie überraschte mich dann auch noch mit der Feststellung: »Ich bin gern eine geile Sau«. Für mich kam der Satz definitiv zu früh. Im ersten Durchgang will man die Sache doch nur halbwegs anständig hinter sich bringen. Wenn man überhaupt kann.

## WAS IST KEIN COWPUNK?

Prälatenfeist rückt Norbert zum Tresendurchgang auf, das Personal soll im Zuge der Umgehung einen Hauch seiner Bedeutung einatmen.

Norbert verstellt gern Personalwege. Die letzten Gäste hätten gern ein neues Teelicht. Ein einsamer Nussknacker auf der Durchreise wüsste gern wie spät es ist. Trapperesk trägt er einen Fuchskragen auf dem Kopf. Texas würde gern Dave Dude hören, der Wunsch bleibt unbeachtet. Ich erinnere mich an Zeiten, da haben wir die obsoleten Surf- und Countrysachen ständig gehört, die Texas dem Vernehmen nach direkt aus Amerika von einem Scharfschützenausbilder namens

Skip Granberry bezieht. Damals stand noch die Frage im Raum: Was ist Cowpunk und was ist kein Cowpunk? Oft diskutiert am Beispiel von Hank Williams, den Dritten.

Irre ich mich, oder hat Tanja für ihn gar nichts mehr übrig. Er sitzt auf jeden Fall noch genauso vermaledeit herum wie vorhin.

## DURCH DEUTSCHLAND GEHT EIN RUCK

Morgen muss Texas das pfandfreie Leergut zu den Containern vor der Rucolarübenbar tragen, die Altglaskiste ist randvoll. Für mich zählt, dass Texas dafür keinen Auftrag braucht. Er sieht, was anliegt. Ich lasse Britta den Umsatz feststellen, das läuft schon auf eine Entbindung vom Thekendienst hinaus. Britta begibt sich mit der Kasse auf die Publikumsseite des Tresens, auch das soll mir was sagen.

»Ist genug Minze da?« fragt Tanja leidenschaftlich. Sie ist der einzige Mensch, den ich kenne, der Bücher aus der Leihbibliothek liest.

Mineke ist schon wieder bei ihrem Ex, »diesem Rolls Royce«, so Mineke über Louis, unter Musikern und Graffitiartisten. Sein Tag markiert immer noch ihr Revier in Frankfurt am Main. Er lebt mit einem sprechenden Kühlschrank zusammen und trägt aus gesundheitlichen Gründen Zwiebeln am Sack. Natürlich sind Louis und Grete in ihrer Exzessbereitschaft blutsgeschwisterlich auf ewig verbunden. Louis hat immer was zu lachen, wenn er mich sieht.

Die Beziehung zwischen einem Koch und einer Köchin beschreibt Mineke als K&K-Monarchie. Die Rote Armee, als periodisches Usurpationsereignis weiblichen Wohlbefindens, ist auch von ihr. Nebenbei seift sie Norbert ein, der sich auf einem Kellnerblock Notizen macht. Inzwischen pisst er Zucker. An die fehlenden Schneidezähne scheint er sich gewöhnt zu haben. Mineke erzählt von einer Hose aus ihrer Punkzeit, die so steif war von Farbe, dass man sie in die Ecke stellen konnte. Diese Hose gehört zu ihr wie der Name an der Tür. Mineke hat ein feines Gespür für die eitlen Nöte alternder Männer.

Sie kennt reizempfindliche Phasen, dann kann sie nicht vor die Tür. Ihr koreanischer Heilerfreund rät ständig zu Sauerkrautsaft. Ich weiß nicht, was ich davon halten soll. Ich will eigentlich nicht mehr mit Mineke zusammen sein und mir alldieweil die Bedeutung des Narrs im Tarot erläutern lassen.

Eigenartigerweise sieht der Koreaner aus wie Terence Trent D'Arby.

Es gibt nichts Unbedeutendes. Eine hochgezogene Augenbraue, ein abgleitender Blick, eine beiläufig wegwerfende Handbewegung, das kurze Entgleisen der Züge . . . im Augenblick lautet die wichtigste Frage: Hat es »Milli Vanilli« gebracht oder eher nicht? Toni durfte einem der Musikerdarsteller bis zur Wahrnehmung seines Aftershaves näher kommen, die anderen wissen, dass Fabrice im Dschungelcamp war. Alle versuchen »Girl you know it's true« zu singen, keinem gelingt es.

»Attacke« befiehlt Norbert. Die letzten Gäste haben mit ihrem Abgang ahnungslos das Rauchverbot im Saal aufgehoben. Britta knallt Aschenbecher auf den Tresen, die Kaffeemaschine kaprioliert, als sei sie auch froh und beteiligt. Durch Deutschland geht ein Ruck, das Gernegroß ist Gästefrei, die Party kann beginnen. Obwohl sie nicht im Dienst sind, räumen Tanja und Texas Tische ab, ihre Kollegalität gegenüber der waltenden Schicht geht mir zu weit.

Texas will für mich auffüllen, das kommt überhaupt nicht in Frage. Gerade fühle ich mich wie der Vorstand einer Erdmännchenkolonie. Ich überrede Britta doch noch die Kaffeemaschine sauber zu machen, wir verdanken das vielseitige Gerät dem Niedergang einer sagenhaften Kneipe vor drei Wochen. Im permanenten Jetzt spielt diese Insolvenz keine Rolle mehr, so wie jetzt hat Tanja mich noch nie angesehen. So verliebt, würde ich sagen, wüsste ich es nicht besser. Sie ist zwar nicht mehr mit Texas zusammen, wie gesagt, aber die beiden verbringen immer noch Zeit zusammen. T'n'T haben zwei gemeinsame Schichten. Vor einem Jahr waren es noch vier.

Die Kaffeemaschine steht an ihrem Platz wie eingerückt vor hundert Jahren.

Das Begehren einer Sechsunddreißigjährigen als Altenpflegerin in den Arbeitsmarkt integriert zu werden, schmetterte die Begründung ab, sie sei schon zu dicht am potentiellen Kundenkreis. Norbertschoten gehen so. Norbert plädiert auf Schnaps, ich trinke erstmal einen Fernet mit. Es ist Freitagabend, wir gehen in kleiner Besetzung und nur mit einer Assozierten ins

Wochenende. Die Koksbaroness will lieber mit uns als mit den Kooperativen dem Scheitern ihrer Ehe mit einem Porsche Cayennefahrer ein Fest bereiten. Sie fährt einen Chevrolet Blazer in Violett, ein Sport Utility Vehicle. Dieser S-U-V ist ein Lebensartaccessoire nach dem Geschmack der reichen Hexen im Nordend.

Mundartlich verbreitet die Baroness einen Hauch von München. Sie neigt dazu, jedermann guten Sex in Aussicht zu stellen, aber ich habe noch nie gehört, dass es dazu auch gekommen ist. »Ja, holla, die Waldfee«, meldet sie nach dem Klingelton. »Ich bin‘s selbst. Gell, jetzt bist du sprachlos.«

Die Baroness entert die Bühne. Der Vorhang existiert nur als Idee. Auch die Bühne verhält sich zu größeren Auftrittsmöglichkeiten wie eine verarmte Seitenlinie zum prosperierenden Hauptstrang. Das Bühnenbild zeigt eine Ikeaallzweckkammer mit Paravent. An der Wand hängen periodische Katastrophenmeldungen. Die Baroness deklamiert: »Soll ich denn ewig schweigen, sagte die Frau, als man von ihr verlangte, sie solle erst denken und dann reden.«

Ist das Ironie?

Tanja will Hans Albers hören, einstweilen erzählt sie von ihrer Jugend: Halbwegs noch minderjährig ziehe ich in Eutin eine Mädchenkommune auf. Das Pensionat . . . Mineke ermahnt zu mehr Mut zum Sex mit Folgen: aus Sorge um Deutschland. Die Baroness: Unterhalten sich zwei Kitzler. Weißt du, was man von uns behauptet? Wir seien so widerlich kalt und feucht. Wer erzählt denn so was? Böse Zungen!

Ich fange einen völlig überflüssigen Schwerenöterinnenblick auf. Mich wird gewiss nur der frühmorgentliche Backstubengeruch von Gelfuss nach Hause begleiten.

## UNVERBLÜMTE SCHEMEN

Norberts Büro raucht seit dem frühen Morgen. (Früher Morgen nach der Gernegroß-Zeitrechnung.) Norbert selbst hat sich festgehustet. Er rußt sehr ungleichmäßig, ein sicheres Zeichen für burn out. Wir reden wieder über seine Mutter. Norbert fürchtet, zulange die Brust gekriegt zu haben.

»Aber das macht doch nichts«, erkläre ich den Schemen im Qualm. »Du stinkst und kriegst nichts auf die Reihe, bist also ganz normal.«

So unverblümt lässt sich nicht oft mit Nobi reden.

»Weißt du, was man unter »symbolic interactionism« versteht?« frage ich. Norbert winkt ab. Er will seine Koprophilie besprechen. Schon als Kind habe er, »ganz unwillkürlich« aus »Scheiße kleine Gnome« geformt. Ja, formen müssen nachgerade. (Dies im M. Walser'schen Übertreibungston.) Norbert fürchtet sich nicht vor Pleonasmen. Bei ihm grassieren die Verniedlichungen. Er steckt damit seine Leute an. Alles wird verkleinert, einschließlich dem »Kabarettchen« und leider auch dem »Boradieschen«.

Norbert bleibt bei seinen Störungen. Ich wiederhole mich auch nicht zum letzten Mal: »Eine sogenannte psychische Störung ist primär keine Eigenschaft des Verhaltens«, erkläre ich, »sondern eine Kategorie, die aus den Normen einer Gemeinschaft abgeleitet wird, die bestimmte Menschen oder deren Handlungen als abweichend klassifiziert und entsprechend auf sie reagiert.«

Das ist Norbert im Augenblick seines Katers zu wenig stigmatisierend.

## STAATSFEIND IM NEBEL

Das Klo hat extra Semmelknödel gemacht und für die Salatsoße Senf mit Essig verrührt. Im Weiteren wirkt es ohne Plan, fasst sinnlos Sachen an, guckt in Kühlschränke und sieht nichts. Ich verletze mich beim Brotschnorren an der Brotschneidemaschine. Die Pflastersuche dauert an. Im Gegenzug kommt Kaffee aus dem Kabarett in die Küche. Tanja bringt den Kaffee, ihre Zuneigung für alles Arme hebt die Deklassierten förmlich an. Der Dreckarsch, der gerade den Koch mimt, kann sein Glück kaum fassen: eine gutaussehende Frau lächelt in seiner Gegenwart. Das wird vor der Tür das letzte Mal vor zwanzig Jahren vorgekommen sein. Vermutlich aus Versehen.

Der Stammtisch rückt geschlossen ab. Beim letzten Heimspiel fand einer im Zustand der Urinabgabe, er habe den Sieg »herbeigeführt«. Ganz allein sozusagen.

Der Fürst der Finsternis starrt durch blickdichten Drogennebel in etwa auf den Bildschirm im Kolleg. Er sieht so aus, als habe sich in ihm eine fies-vampiristische Alte verpuppt. Ein Scheißschicksal erfüllt sich in seiner Person. Texas sitzt auch im Kolleg, so mythisch, dass ihn der Nachwuchs mit Wasserflecken an den Wänden verwechselt.

Norbert trudelt ein, wegen ihm wird noch Riesling zu holen sein. Er gibt seinen Beutel bei der kooperativen Bedienung ab und legt umgehend den halben Arsch frei. Da er frontal zur Lehne Platz bezieht (um seinem feisten Leib Erleichterung im Abstützmodus zu verschaffen), erscheint die Aussicht als Folklore. Manche Leute kommen nur deshalb vorbei, um Norbert so sitzen zu sehen.

## UNSER GOETHE HEISST GERNHARDT

Im deplazierten Babydoll zeigt sich Toni zurechtgemacht als wacklige Alte, die für den Sensenmann schon einen Heiermann parat hält, damit auch Freund Hein auf seine Kosten kommt. Unter einem schwarzen Moltonhimmel will sie für sich nur das Nötigste, letztlich bloß den Anschein einer Existenz. Ihre sozialen Konturen verklumpen im gespielten Elend. Ihren Leichnam in spe möchte sie als Pfand einsetzen, für einen letzten Kredit. Toni zieht die Show nur für uns ab, für die letzten Überlebenden um halbvier. Der Saal stinkt nach den Rollstuhlfahrern von vorhin. Wir stoßen auf die Levante an, keinen Schimmer wieso, der Weg dahin nahm zuviele Wendungen. Auf jeden Fall ging es auch um Entschleunigung, das politische Manifest der Jacob Sisters und um eine Sezession vom Damenkranz, die als Silly Sisters in die Geschichte des Gernegroß einzugehen beabsichtigt.

»Ich habe als Kind gegen Dinge gepinkelt, die schlauer waren als du«, sagt Texas zu Antje. Er sehnt sich nach einer außer Kurs geratenen Lieblichkeit. Seine Überheblichkeit ist im Eimer, das kapiert sogar

Antje, sie lacht Texas aus. Sie muss sehr betrunken sein. »Das war«, kontert sie, »als die Gummistiefel noch aus Holz waren und der internationale Terrorismus in den Kinderschuhen steckte.«

Wenn Norbert betrunken ist, versteht er sich entweder als politischer Dramatiker oder als die größte Maulhure seit Kackasekt. Im Augenblick kommt der Dramatiker vor. »Auf die Levante.«

Beim letzen Mal im Düncker waren sie schon wieder bei den Arbeitslosen, die es im Dritten Reich nicht gab.

Zu Brandts Zeiten gab es schon eine Umwelt.

Man müsste mal wieder was mit dem Wort Donnerbalken machen. Du bist zu blöd, um eine leere Schublade aufzuräumen.

Das Cooky's existiert seit Anbeginn der Zeiten und was hier fehlt, sind Jägermeisteraschenbecher.

Können Ohren Lieder haben?

Ja, der Jürgen Grabowski hatte die Haare schön.

Ich möchte sterben wie mein Großvater, friedlich und im Schlaf. Auf keinen Fall hysterisch wie sein Beifahrer.

Auf die Levante.

»Der Gernhardt ist unser Goethe«, erinnert Toni an eine Redewendung, die im laufenden Betrieb ihre Geläufigkeit verloren hat. Vermutlich kommt die Paarung aus einer verdrehten Lokalisierung. Man rechnet die Dichter Frankfurt zu. Der Gernhardt ist unser Goethe variiert die hessische Einsicht: »Unser David Bowie heißt Heinz Schenk«, obwohl Heinz Schenk gar kein Hesse ist.

Gernhardt kam gern ins Gernegroß, damals war »fugenfest« ein Wort der Stunde. Alles und nichts war fugenfest. Der Dichter charakterisierte Norbert als »Fallobst im Wurstfortsatz«. Daraus wurde »die Schwalbe als Wurst« und schließlich »Saugwurst«. Auch dieses Wort ging im Betrieb verloren, vermutlich hintertrieb Norbert selbst seinen Bestand, im Hinblick auf die Hartwurst der finanziellen Lage. Wer will schon mit einer Saugwurst ins Geschäft kommen.

»Man vergisst soviel«, sage ich zu Texas. »Und rechnet mit nichts mehr ab«, bietet er zur Ergänzung an. Das soll dem entdrehten Sinn nach auf ihn zutreffen, für mich geht immer noch jede Menge. »Wir sehen uns soon«, meldet er Norbert. Unser Popanz des Potentatentums, so Texas über Norbert, erlebt jede Anglisierung der deutschen Sprache als seinen persönlichen Stuhlgang nach Canossacity.

»Die Stuhlgangfrage gehört auf den Tresen«, verlangt Norbert prompt.

Im Gernegroß pellt sich die Post ein Ei auf den ausgeschlagenen Fassboden, die Wüste lebt vor allem bakteriell und unter Mikroben ist die Blindschleiche eine Qualle der Erleuchtung.

Plötzlich ist alles »Zwischenmüll«. Aber was ist Zwischenmüll?

## VOM FENCHEL BEFRUCHTET

Ein veritabler Zwunsch stellt sich seinem blind date als promovierter Umwelttechniker bei Continental-Teves in Rödelheim vor. Er hält sich mit automatischen Blockierverhinderern auf. »Jedes dritte Auto« wird in Deutschland von ihm ausgerüstet. Ich schätze, Zwunsches Chancen wären größer, würde er als Sicherheitsrisikodarsteller auftreten.

»Ich liebe alle Luftzeichen«, sagt Mineke auch nicht zum ersten Mal. Mineke ist Steinbock, hält sich aber für eine Waage und liest auch nur Waage-Horoskope. An Ereignisse erinnert sie sich, indem sie sich vergegenwärtigt, was sie am Ereignistag anhatte. Sie erinnert sich sogar noch an den Schnitt ihres Taufkleides. Mineke belädt einen Kanten mit Lachs, Schinken, Pfeffersalami, Emmentaler und Büffelkäse: eine Zusammenstellung wie für einen perversen Pizzabelag. Mir wird schlecht vom Zusehen.

Ich frühstücke Strapazada mit hausgemachter, »von Fenchel befruchteter« Loukaniko. Vom Fenchel befruchtet, steht so auf einer Tafel. Ich bin froh, nicht auch noch sowas verbrechen zu müssen, neben dem Schamott, der bei einem Thekenamt einfach nicht zu vermeiden ist. Aber Computergrafik wäre auch nichts für mich.

Vor Ort waren Mineke und ich viel zu oft. In dem Ding haben die Möbel das Gehabe der Leute angenommen. Ab und zu geht ein Raunen durch die Menge: dann tritt eine lokale Größe auf. Irgendwann teilen wir unseren Tisch mit einem einsam abgeglittenen Mann. Er trägt Flipflops, für mich sind Flipflops die Vorstufe zum Faschismus. Ich bin dem Blindgänger dankbar für seine Socken. Mein Horror vor männlichen Fußnägeln verbietet mir jedes Schwimmbad.

Am Nebentisch erzürnt ein Rollstuhlfahrer seinen Gesprächspartner mit vernagelter Insistenz. Für ihn ist Klabund eine Kneipe auf der Oberen Berger Straße und sonst gar nichts auf der Welt, für den anderen ein aus Klabautermann und Vagabund montierter Künstlername. Würde mich wundern, wenn der andere wüsste, dass Klabund als Alfred Henschke geboren wurde. Ich esse vorzugsweise die Blutwurstsäckchen mit Calvadosäpfeln in der Kneipe beinah gleichen Namens. Ich bin schon ein ziemlicher Klugscheißer, der Behinderte dreht schön an seinen Rädern, bis es dem anderen zu streifig wird. »Steh auf«, sagt er, »wir regeln das draußen.«

## GODFATHER OF THE BEMBEL

»Und dann sage ich zu dem R‘n‘Rollidriver: Steh auf, wir regeln das draußen.«

Norbert würdigt die Schote verhalten, vermutlich werde ich sie bald als Beispiel aus seinem eigenen Erleben serviert kriegen. Er kann sich nicht gut merken, wer ihm was erzählt hat und warum, meine Erkenntnisse im Fall des neuen Aimee Mann-Albums wurden mir auch schon von Norbert als Ergebnis seiner Analyse mitgeteilt. Norbert ist der Troubadour in unserem Begriffskarneval. Er verdaut die Einfälle und bloße Funde des frei von Pensionsansprüchen schwadronierenden Personals in seinen Stücken. Schierer Schwachsinn erscheint ihm am geeignesten für sein dramatisches Fortkommen. Als Muse wider Willen dient ihm zumal Toni mit ihrer angeborenen Theatralik. Für sie ist alles immer gleich ein ausgemachtes Bubenstück ohne Herz. Ihren bonbonesken Tonfall vernehme ich in hundert Bühnendialogen. Ich höre sie auch jetzt, denn sie ist da und unfähig eine Aufgabe mit zwei Zahlen zu lösen.

»Du dürftest eigentlich gar nicht hier arbeiten«, sage ich.

»Les mathématiques waren noch nie meins. Wenn ich nur an den lieben Doktor Heuler in der Anstalt denke. Wie der mich verachten konnte«, entgegnet Toni entspannt in ihrem expensive Westwood-Nuttenfummel.

Die Anstalt ist die Musterschule an der Eckenheimer Landstraße. Ich habe sie ein paar Jahre vor Toni hinter mich gebracht.

Toni bietet korrekt bei Biofick im Prüfling erstandene Zerealien an, gern würde sie Norbert und mir erklären, wie es bei Hofe so zugeht. Sie wurde vom Godfather Of The Bembel zur Apfelweinkönigin für alle Zeit bestimmt, nach einer kollektiven Kotzerei erster Güte im Gernegroßgarten. Godfather Of The Bembel ist übrigens Texas, der früher als »Die Stirn« unterwegs war. Damals herrschte er auf einem traurigen Mond voller Bars. Das ist lange her und vorbei.

Norbert fasst sich an den immensen Schädel. »Godfather Of The Bembel: wo nimmt diese Abart das her?«

»Abart« ist mir neu.

## LIEBESKASPER

Für Ibu ist Sigurd ein Held aus der Comicwelt, für Texas ein norwegischer König zur Zeit der ersten christlichen Jahrtausendwende. Er kann auch Bjørnstjerne Bjørnsons korrekt aussprechen. Als Sigurd B. Bjørnsons hat er sich in der Kapp auf die Liste setzen lassen. Der Blick eines Türstehers lässt ans Neandertal denken. Aber man weiß ja wie die Geschichte ausgegangen ist. Also denke ich, du bleibst auf der Stelle stehen und ich strebe weiter der Zukunft entgegen, allerdings an einem Ort, der so alt ist wie die Dinosaurierskelette im Senkenberg-Museum. Best Of Mainova Heimspiel heißt dämlich die Verabredung sämtlicher dienstfreier Gernecrossies mit dem Vergnügen in der Batschkapp.

Manche sagen auch »Batsche« zur Kapp. Schon viele haben sich vor ihr übergeben. Ihre Mauern sind oft gestürmt, nie jedoch niedergelegt worden. Warum so elegisch, Herr Kollege? »Sehr noisig« findet Toni eine Band namens Verlen. Ist ihr zu amerikanisch. Her heart'n'ass belongs zu Great Britain. Britta ist der Unterschied zwischen englischem und amerikanischem Krach egal, wenn ich sie richtig verstehe im Krach. Ich kläre mit Tanja gemeinsam die Getränkefragen. Ich bin immer wieder erstaunt wie bereitwillig Tanja jeden Unfug mitmacht, wenn er nur gemeinschaftlich begangen wird. Ihren Eigensinn verrät sie allein Texas mit abwehrenden Bewegungen. Er hat uns alle auf die Gästeliste gebracht. Er ist der Mann mit den Freikarten für Konzerte. Seine Klassifizierung als Liebeskasper wurde von Norbert bereits vorgenommen. Ich beziehe mich bequemerweise auf Mineke, von mir aus könnten wir wieder mal eine Nacht gemeinsam verbringen. Das wünscht sich vielleicht auch ein fetter Maorizwerg mit spiraligen Tattoos – und epileptischen Anwandlungen, die Mineke mir als traditionelle Fruchtbarkeitstanzschritte erläutert. (In spirituellen Fragen behauptet sie einen Vorsprung.)

Handkäs mit menschlichem Antlitz wär schon zuviel des Guten gesagt, soweit es den Maorispritzbuben betrifft. Im Elfer ist es dann nicht mehr so bombastisch, sogleich werden militante Sitzplatzverabredungen getroffen, seltsam, dass keine unserer Frauen je schwanger geworden ist, zudem Toni gerade katholisch feststellt: »Ich weiß, es gibt Präservative und die Pille gibt es auch. Aber das ist alles nicht meins. Da vergeht es mir wie dem Papst.«

## KRAWATTENMANN DES JAHRES

»Wer braucht kein Kondom und keine Pill?« rufe ich, die Gernecrossierunde antwortet zur Fröhlichkeit vergattert wie ein Kindergeburtstagsausflug: »Anne Will.«

Tanja nimmt bestimmt die Pille, Heike Makatsch bestimmt auch. Da ist nämlich auch Heike Makatsch, die Tochter des ehemaligen Eishockey-Nationaltorhüters Rainer Makatsch, und trinkt WC-Ente. Darüber wird noch zu reden sein.

»Mit wem redet die denn?« fragt Toni, unverhohlen vipverseucht.

Texas weiß es, »das ist der Norman Stadler.«

»Und wer ist Norman Stadler?«

»Norman Stadler ist ein Medienprodukt, genauso wie der Krawattenmann.« 1974 war Dieter Kürten »Krawattenmann des Jahres«, Walter Scheel war auch Krawattenmann. Was war Walter Scheel eigentlich noch?

»Herr hilf, was für ein Scheiß«, sagt Tanja. Aber der Herr hilft nicht.

## MEDIENPRODUKT

Zurzeit ist für Gernecrossies alles und jeder ein Medienprodukt. Du bist ein Medienprodukt, er ist ein Medienprodukt, sie ist ein Medienprodukt, wir sind ein Medienprodukt. Man kann sich dem Kokolores nicht entziehen, selbst wenn man ihn in Umlauf gebracht hat. Ich rede mit unserer westafrikanischen Putzfrau Fatou über das Phänomen. Das Gebiss ihrer Großmutter fand über den Tod der Ahne hinaus Verwendung, diesen Leuten muss man Recycling nicht erklären.

Fatous Daheim heißt Niodior. Auf der atlantischen Fischerinsel lebt man seit Jahrhunderten in Erwartung einer großen Flut.

»Die war doch schon«, sage ich immer mal wieder zu ihrer Beruhigung. So ein heimliches Bier am Vormittag macht den Kater schläfrig. Das Rezept habe ich von meiner Großmutter mütterlicherseits. Ich nannte sie Nellieoma. Mein Vater sagte Budennellie. Sie besaß sehr gemütlich ein Wasserhäuschen in Seckbach, anderenorts würde man Trinkhalle sagen. Ihr »Springbrunnen« war eine Institution. Darin verkehrten gestandene Säufer mit ordentlichen Bürgern alldieweil als brave Bürger. Nellieoma nahm die guten und die schlechten Dinge im Leben wie das Wetter. Ihre Ausgeglichenheit grenzte an Gleichgültigkeit. Angeblich habe ich mein Händchen für Flaschen aller Couleur von ihr.

Fatou hat überall sonst soviel zu tun, dass sie im Gernegroß auch mal zur Ruhe kommen muss. Unversehens stellt sich mir die Frage, wie sich Väter fühlen, wenn sie entdecken, dass ihre Töchter in Pornofilmen mitspielen.

## GUTER KERL

Fatous Liebhaber kreuzt auf, ich glaube, um die Negerin abzukassieren. Natürlich ist Fatou verheiratet und Mutter von zirka neunzehn Kindern aus der Dritten Welt. Aber warum soll eine Ehefrau kein Verhältnis haben? Der Liebhaber ist unbedingt ein guter Kerl. Charaktere werden in Frankfurt so entschlüsselt, dass ihre Gemeinwohlaspirationen die private Gemeinheit, wahlweise Verschrobenheit, dominieren, ohne diese Merkmale der Vernachlässigung auszusetzen. Fatous guter Kerl strippt am Wochenende in einer Bar. Als Bühnenbild wäre er eine pottbarocke Mischung aus Lagerraum und Spindgalerie.

»Wenn du die Energie hast, dann ist egal, wie alt du bist«. Der Satz könnte von Udo Lindenberg sein und vielleicht hat er ihn auch gesagt und der gute Kerl hat ihn nur aufgeschnappt. Er könnte schon mal einen Äpfelwein vertragen, gegen die Hitze. Ich hole den Bembel aus der Kühlung, sein Gewicht ist mir angenehm. Der gute Kerl zahlt mit einem abgestandenen Witz: Ein Räuber stürmt in eine Bank. »Alle mal hinlegen«, verlangt er. Alles legt sich bäuchlings ab, nur die Sekretärin legt sich auf den Rücken. Zischt der Filialleiter: »Das ist ein Banküberfall und kein Betriebsausflug.«

Ich erweitere die Liste der kooperierenden Stammtischpseudonyme. Die Apfelweinis haben jetzt auch einen Fürst Metternich. Dieser Typ würde sich noch beim Minigolf als Global Player aufführen, der Name passt also.

## DRUCKBETANKTER SWINGHASSER BEI DER KIPPENANALYSE

»Frost, Dein Name sei Tanja«. Ich finde die akkurate Großschreibung der Anrede beachtlich. Auch daran erkennt man Texas. Er bleibt auf der Höhe der Rechtsschreibung noch in Zuständen, die andere ihren Familiennamen nicht mehr richtig aussprechen lassen. Nun haben wir eine Treseninschrift. Der Tresen darf nur mit der weichen Seite unserer Spontex-Zelluloseschwämme (100% pflanzlichen Ursprungs: weich, saugfähig und leicht auswaschbar. Besonders resistent gegen Bleichmittel) gewischt werden. So steht es im Tresenbuch nach meinem Willen.

Es ist halbzwölf mitten im verregneten Mai, ich lege die Einkäufe für den Abend neben das Tiefbecken. Die Kaffeemaschine ist schon betriebsbereit, wie vortrefflich. In solchen Details offenbart sich mir der Schöpfungsplan, soweit er geglückt ist.

Die Schwämme kann man in einer Mikrowelle entkeimen. Aber wer macht sowas?

Mein Telefon mutiert insektisch im Short Message Servicemodus. Mineke will wissen, ob ich den Tag ganz und gar meiner Wut auf sie widmen werde. Das geht sie jetzt mal gar nichts an. Unsere Dauerkrise hat Zeit. Im Abspieler steckt Roger Cicero, furchtbar hochgeblasener Altmännermüll, ich bin erst zweiundvierzig und auf jeden Fall Swinghasser. Die geschwungene Beschriftung der gebrannten CD stammt von Tanja. Die CD ist so verschrammt, dass sie nur Texas gehören kann. Er trägt seine Tonträger schutzlos in den tausend Kippen seiner Multifunktionshosen durch die Gegend, dabei hat Tanja ihnen so schöne Futterale gebastelt. Was ich alles weiß.

Ich leere Aschenbecher, die Kippen sagen mir, wer heute Nacht getagt hat. Mehr oder weniger bis zum Schluss am Start waren zweifelsfrei Tanja (Lucky Strike Silver), Toni, (Pall Mall) Britta, (Billigzigaretten aus dem Aldi) Norbert, (Haus Bergmann!) Texas (Rote Marlboro) und Ibu. Ibu raucht nicht, seine Zeugen sind Jever fun-Flaschen mit abgezogenen Etiketten. Seit drei Wochen hält er sich im Trockendock auf, mit einer Perspektive von weiteren drei Wochen der Abstinenz. Bei einem Dreiundzwanzigjährigen finde ich eine derartige Versicherung gegen die Sucht unangebracht bis zur Verhaltensauffälligkeit. Die Bereitschaft zur konsequenten Druckbetankung scheint dem Nachwuchs generell abzugehen, da hat sich was verändert.

## HANSWURST IN DER PELLE

Ibu ist jetzt auch gepierct. Die Normalnull als Eisenträger. Bei Ibu kommt die Abgeklärtheit vor der Erfahrung. Er glaubt, musikalisch sei schon alles gesagt. Enorm erscheint ihm die Einsicht, dass Rock nicht neu ist. Ich glaube, Ali Neander ist ein Onkel von ihm. Auch die ungespülten Gläser geben Auskunft über die finale Besetzung. Sie bestätigen die Kippenanalyse mit einer Erweiterung. Einer der Sinnlosen ist nachts im Theater aufgeschlagen. Igor heißt er. Er kam schon als Fürst der Finsternis in dieser Erzählung vor.

Es ist kaum Grauburgunder in der Kühlung und im Lager ist überhaupt kein Grauburgunder mehr. Eine Fahrt mit dem Kleinkunstbus ins Rheingau steht an, entweder für Norbert oder für mich. Im Tresenbuch halte ich fest: Kein Grauburgunder für das geschätzte Personal, bis zum Widerruf der Anordnung. Nicht alle werden sich an die Anordnung halten. Texas beansprucht seine Sonderrolle auch in Getränkefragen. Er ist der Älteste und war vorhin der Letzte, sonst gäbe es die Inschrift nicht. Manche sehen in ihm ein verwittertes Sorgenkind oder bloß einen Hanswurst in der Pelle. Das sind die bequemen Ansichten. Meines Erachtens verfehlen sie den Mann. Für die Gottesanbeterinnen der Chefansagen erscheint seine Inferiorität wie in Stein gemeiselt. Wahr ist, dass niemand mehr Unruhe verbreitet als Texas, obwohl er überhaupt nichts zu melden hat. Seine Stellung im System ist bizarr, aber dass es jemand dahin bringt, bleibt interessant.

## DER HEILIGE TROTT

Igor bringt nichts Gutes fertig. Er ist komplett unfähig, also Hausmeister. Zum Glück nicht bei uns, sondern in der Kooperative. Angeblich war Igor früher Schauspieler oder Taschenclown oder sowas in der Art. Ich fühle mich von ihm strapaziert. Er ist ein ungebetener Nutznießer unseres heiligen Trotts. Er weiß zu viel. Ich vertreibe Igor aus meinen Gedanken, jetzt könnte ich ein Lied meiner Wahl hören. Schade, dass ich zu dieser Tageszeit nicht rauche. Plötzlich erscheint mir möglich, dass die Kaffeemaschine wegen mir nicht in ihren allnächtlichen Ruhestand versetzt wurde. Tanja wusste, dass ich die Abrechnung am Vormittag machen wollte, Vormittag nach meinen Berechnungen des Tages. Ich hatte das ihr gegenüber am Rande erwähnt, in der Hauptsache war es darum gegangen, dass wir während der Vorstellungen am Tresen Ruhe bis zur Regungslosigkeit bewahren sollen. Eine neue Anweisung vom lieben Gott, den manche auch den Paten nennen oder, in einer verdrehten, im Grunde sinnlosen Anspielung, El Niño oder Doktor No nach den ersten beiden Buchstaben seines Allweltsvornamens, der gar nicht mehr so häufig vorkommt. Wer heißt schon noch Norbert? Ich kenne sonst keinen Norbert, außer dem Ex-Wirt vom Backstage, der alten Haut.

Ich optimiere den Milchschaum, eine Kupferschraube reguliert den Zulauf. Jemand kratzt am Fensterladen. Ich lasse Außenluft in den Saal und Konditor Lortzing reicht Backwaren an. Richtig, der Lortzing mit dem großen Latinum. Er hatte einen Hörsturz und seitdem das Pfeifen im Ohr.

Der Regen verstärkt Straßengeräusche. Auf der Rückseite des Personalverzehrzettels hat Toni, es spricht der Schriftexperte, »Septembermorgen« von Eduard Mörike notiert:

Im Nebel ruhet noch die Welt,
Noch träumen Wald und Wiesen:
Bald siehst du, wenn der Schleier fällt,
Den blauen Himmel unverstellt,
Herbstkräftig die gedämpfte Welt
In warmem Golde fließen.

Im Weiteren vermerkt wurde (unvollständig): Das Gedicht erschöpft sich in einer Strophe und sechs Verszeilen. Es folgt keinem bestimmten Reimschema. Seine inhaltliche Organisation setzt die Ruhe in einen Gegensatz zu Signalen einer Veränderung. Der »Nebel« in der ersten Zeile deutet den erfassten Augenblick als einen Schwebezustand. Verstärkt wird die Wandlungserwartung mit einem kleinen »noch«. Noch ist die Welt bei Tage nicht eindeutig zu erkennen. Die Temporaladverbiale wird gleich wieder aufgegriffen.

## FÜR DIE ALLGEMEINHEIT

Die Interpretation ist auch auf Tonis Mist gewachsen. Wie die meisten Gernecrossies ist sie eine abgebrochene Studentin. Ein gebildetes Trümmerlieschen aus gut katholischem Elternhaus (und irgendwie auch aus einer Trikotagen-Dynastie hervorgegangen), das außerdem Dienste in der Kooperative verrichtet, um über die kostenintensiven Feinstaub- und Größenwahn-Runden zu kommen. Sie hat sich dem Apfelwein ergeben und bei uns sogar Apfelweinseife eingeführt, die aber nur nach Pril Winter-Apfel riecht. Mit Reinigungsmitteln kenne ich mich aus. Ich habe Tanja eine unparfümierte Handcreme empfohlen und Tanja hat sich die Handcreme für zweihundert Anwendungen (ihre norwegischen Formel verspricht intensive Feuchtigkeit für trockene Haut) tatsächlich zugelegt. Ja, Tanja. Ihre freundliche Verlässlichkeit übersteigt die Anforderungen an Jobber bis zu einer Oberkante, die ich absichtlich nicht im Blick behalte. So wie Tanja nimmt man eine schlecht bezahlte Nebentätigkeit an sich nicht wahr. Da ist man lässiger, auch nachlässiger. Zum Beispiel beim Fegen des Saals und der Garderobe. Ich kehre Dreck unter den Teppich und in die Ecken, Tanja geht soweit, die Schludrigkeiten anderer kommentarlos auszugleichen. Das wurde ihr vorgehalten. Aber Tanja widersetzt sich konsequent einer Dienstanweisung, derzufolge keiner dem anderen hinterher arbeitet. Wir kontrollieren uns nicht gegenseitig. Ich will keine Anscheißer beschäftigen und mich mit nachträgerischen Miesepetraritäten nicht aufhalten. Ich habe in genug Dreckslӓden die Geschäfte geführt.

Tanja ist natürlich keine Anscheißerin. Ihr Heidemariebuch liegt immer noch auf dem Tresen. Ich schreibe »Für die Allgemeinheit« auf das Vorsatzblatt und setze »Wischtücher« auf die Einkaufsliste in meinem mobilen Telefon. Meine Augen sind schon wieder schlechter geworden. Seit gestern, fürchte ich.

Die Handcreme heißt Neutrogena. Ich werde einen Personalvorrat davon anlegen und auf jeden Fall auch noch Moskovskaya besorgen. Den halben Liter für achtfünfzig.

Ich rechne die Kassen ab und hinterlasse den Kollegen als Gruß die Bemerkung: Vom Hund lernen, heißt sich sowas von freuen lernen können. Wenn Toni das liest, wird sie sich wieder Statusgedanken machen.

Gut so.

## DIESE SENSATION

Ich erinnere mich an den Winter im Jahr 1990. Der Schnee blieb in der Stadt liegen. Der erste Golfkrieg war im Gang. Ein Freund zeigte seinen ersten Gehaltszettel. Darauf waren ihm zehntausend Mark angewiesen worden. Nach der Arbeit kam er im Anzug in die Kneipe, die zigeunerhaften Kellnerinnen machten große Augen. Der Freund verstörte die Frauen mit Trinkgeldern. Ich fühlte mich von seiner großspurigen Lässigkeit gehetzt.

Ich wollte nur einmal diese Sensation erleben, die ihn eine Weile jeden Abend erwartete … damals als er im besten Alter und ungebunden bei Frauen hündische Reaktionen provozierte, ohne Aufwand. Er war jung zu seinem Vergnügen. Er verdiente das Geld für sich. Er las die richtigen Magazine zu seiner Zerstreuung und er hörte die richtige Musik, weil sie seinen Geschmack traf. Er gab nichts ab und entsprach doch einem Ideal … bevor sich die Gewichte naturgemäß zu seinen Ungunsten zu verschieben begannen, er unversehens eins, zwei, drei Jahre zu alt war für den ganz großen Aufriss, der Bauch regelrecht bekämpft werden musste, die Verplanung seiner Einkünfte ihn zu einem Normalverdiener machte, der sich das Trinkgeld sparte, die musikalischen Interessen eine konservative Note erhielten und im Übrigen der Mann schon so gut wie verheiratet war.

Das alles bekam ich mit, während ich den Vorrat meiner Hoffnungen verbrauchte. Trotzdem war ich weit davon entfernt, aufzugeben. Geduldig jagte ich mein Glück, es war lange nicht mehr als eine Fama. Es nahm schließlich Gretes Gestalt an.

Eben fällt mir die Geschichte eines Ehepaares ein, das sich, beidseitig anderweitig verheiratet, Jahrzehnte zuvor auf einer Party kennen gelernt und von dort aufbrechend gleich nach Paris gefahren war. Die Scheidungen wurden telefonisch eingeleitet. Zur Leidenschaft kam die Vernunft von vier Juristen, das waren sämtliche Beteiligte. Der ausbrechende Mann zog die Kinder seines Vorgängers auf und kümmerte sich auch um die eigenen. Dies zu den Spielräumen, über die manche im Spektrum zwischen Leidenschaft, Vernunft und bürgerlichem Komment verfügen.

## REMEMBER THE ALAMO

*A hundred and eighty were challenged by Travis to die*
*By the line that he drew with his sword when the battle was nigh.*
*Any man that would fight to the death cross over,*
*But him that would live better fly*
*And over the line went a hundred and seventy nine*
*Hey Santa Anna we're killing your soldiers below,*
*That men where ever they go, will remember the Alamo*

*Bowie lay dyin', but his powder was ready and dry*
*Flat on his back Bowie killed him a few in reply*
*And young David Crockett was singin' and laughin',*
*With gallantry fierce in his eyes*
*For God and for freedom, a man more than willin' to die*
*Hey Santa Anna we're killing your soldiers below,*
*that men where ever they go, will remember the Alamo*

*And then they sent a young scout from the battlements bloody and loud,*
*With the words of farewell from a garrison valiant and proud*
*Grieve not little darlin' my dyin', if Texas is sovereign and free,*
*We'll never surrender and ever with liberty be«*
*Hey Santa Anna we're killing your soldiers below,*
*that men where ever they go, will remember the Alamo*

## GROBZEUG IM RINDERMIX NORMAL

Wir stehen hier am Tresen und sind schon am verwesen.

Gerade erzählte Grete, dass Winnie sie gestern Nacht darum gebeten hat, ihn als Toilette zu benutzen. »Das waren seine Worte«, sagte Grete. Sie ist eine schwere Schafferin und voll tätowiert. Die Volltätowierten vom Nordend Defenderlabel, diese Korea saufenden, vorgeblichen Homies, verehren Grete als Jeanne d'Arc im Quartier. – Als Garantin ihres Widerstands und ihrer Verweigerung. Im Zweifelsfall heißt der Widerstand Apfelwein, aber eben mit Cola gemischt, und die Verweigerung trifft am Härtesten den Genitiv. Ich verdanke Grete den einzigen Liebeskummer meines Lebens, am Ende einer Beziehung, in der ich das Würstchen in ganz klarer Brühe war. Sie hat eine Bremsspur in meinem Hirn hinterlassen. So sieht das mein Hirnforscherfreund Heinz Bindestrich. Er kommt gleich kurz vor.

Ich bin Grete egal bis zur Gleichgültigkeit, das nehme ich noch nicht lange entspannt zur Kenntnis. Ich lese immer noch ihr Horoskop in meiner Fernsehzeitung. Bei ihren Gästen unterscheidet Grete zwischen Patienten mit Anspruch auf Fürsorge und heillos Kranken. Ihre direkte Ansprache verstört. Stammgäste schwören aber auf Grete und haben sie zur Umsatzkönigin der Gaststätte Hasenbein gemacht. Nehmen wir Winnie, das Klo. Er ist immer gut für zehn dunkle Weizen. An jedem Greteabend hat das Klo seine dreiunddreißig Euro Minimum auf dem Deckel, und wenn Grete gut aufgelegt ist, lässt sie es noch einmal für wenigstens die Hälfte seiner üblichen Zeche komischen Text aufsagen. Dabei steigert sich das Klo von Mal zu Mal.

»Ich kann dir garantieren«, sagt Grete, während sie Heinz-Zwo zu verstehen gibt, dass er lästig wird, »demnächst will Winnie, dass ich mir Schuhe mit hohen Absätzen zulege und ihm die Absätze, einen nach dem anderen, nach Feierabend behutsam ins Arschloch schiebe.«

Sie äußert sich so ohne Verachtung und Erstaunen. Wie beleidigend ist es zu denken, jemandem nicht genügt zu haben. Aber das denke ich.

In der Gaststätte Hasenbein werden Brände als Schweinchen ausgeschenkt. Heinz-Zwo wirbelt vor meinen Augen einen Kugelschreiber weich. Auch er ist bloß ein Säufer mit vorgetäuschtem Rückgrat. Heute mittag gab es bei ihm Schweinenackensteak mit Kohlrabigemüse. Im Gemüse war zuviel Sahne.

»Hast du das Spiel gesehen?« fragt er. Michael Thurk kennt er persönlich noch aus der Zeit, als man unter dem Regen einfach durchgelaufen ist. Ich habe Heinz-Zwo so satt. Er ist mein Halbbruder, ein Ausrutscher meines leichtfertigen Vaters und der Fleischlieferant sämtlicher eingesessenen Wirte im Viertel. Grete findet Heinz-Zwo schwul. Schwul ist nicht nur für sie im Verlauf der letzten Jahre zu einem Wort geworden, das sich mit fast allem verbinden lässt. Tomaten sind gewiss schwul, Taxi fahren kann unter Umständen schwul sein, es gibt auf jeden Fall schwule Getränke und Situationen. Heinz-Zwo behauptet, dass Grobzeug im

Rindermix normal sei. Ich will gar nicht wissen, was Grobzeug im Rindermix ist. Heinz-Zwo fängt wieder von unserem Onkel Hermann an, dem besten Metzger (zu seiner Zeit, also vor dem Metzgereiensterben auf der Rohrbachstraße) im Nordend. Onkel Hermann, (auch »der Eisenmann«), konnte mit bloßer Hand in Glut fassen, er stand auf der Krim und ging als ehemaliger vizedeutscher Jugendmeister im Kraftdreikampf Zeit seines Lebens nur immer geradeaus. Ich gönne mir eine andere Aussicht, vor der Tür, wo die Raucher stehen. Das Klo raucht auch, es bedenkt mich mit einem unangebrachten Mann-aus-dem-Leben-Blick. Es will gleich einen ausgeben, so rustikalistisch, kumpelig, potttranig. Wie arm.

## DON'T MESS WITH TEXAS

Mischgetränke heißen im Veilchenhof Mao-Ono (mit Blutorangensaft) oder Yokotse extra trocken. So was denkt sich Igor aus. Irgendwie ist er auch im Veilchenhof Hausmeister. Er sitzt mit dem Boss der Bosse am Stammtisch. Auf einem Blechschild wird darauf hingewiesen, dass dieser Tisch täglich ab siebzehn Uhr für Ernst Mosch und seine Freunde reserviert ist. »Man spricht deutsch« steht da in einer Schrift, die an Runenschrift erinnern soll. Mit solchem Firlefanz vertreibt sich der harte Mike die Zeit. Ihm gehört das ganze Haus. Beim letzten deutschen Fürstenkongress in Frankfurt (im August 1863) fand darin eine Geheimkonferenz statt. (Die Zusammenkunft musste ohne den preußischen König Wilhelm I. auskommen. Er versagte ihr damit eine Reformchance des Deutschen

Bundes, in Nachfolge des 1806 liquidierten Heiligen Römischen Reiches Deutscher Nation, die zumal vom österreichischen Kaiser Franz Josef angestrebt worden war. Bismarck hatte seinem Herrn mit Übernahmeabsichten zum Affront geraten.)

Mikes Haus steht auf den Grundfesten einer Patrizierburg, in einem Kreis von Burgen, die miteinander unterirdisch verbunden waren. Manche glauben, dass alle Gänge zugeschüttet und die Zugänge vermauert wurden.

Seine hundertdreißig Kilo hat Mike in einen Strampelanzug aus Latex gepackt. Er quatscht gern, mitunter bellt er, während Igor wie ein Monument der Angriffslust lungernd und lauernd sein rabiates Ich meist verschweigt. Igor nutzt auch den Veilchenhof als illegalen Drugstore. Sein Händlerverhalten lässt sich kaum als konspirativ bezeichnen. Seine Kunden kommen an den Tisch, bestellen bei der überstürzt aufmarschierenden Bedienung eine kleine Apfelschorle oder ein Schöppchen, das sie nicht bezahlen müssen, legen eine vergammelte Zigarettenschachtel voller Geld ab und kriegen dafür eine vergammelte Zigarettenschachtel voller Rauschgift.

Mikes Revier bleibt ein Vorhof der Dritten Welt mitten in Deutschland. Für die Verworfenen sind Verhältnisse alltäglich, wie man sie sonst nur aus Beschreibungen prekärer Migration kennt. Die Subalternen überleben in einem Schattenreich, eben so wie Leute ohne gesicherten Aufenthaltsstatus, die beruflich und privat irgendwo unterkriechen müssen.

Die Deklassierten kommen aber alle nicht von außen. Sie unterscheiden sich kastenartig voneinander. Die Unberührbaren sind ganz klar für den letzten Dreck zuständig. Man bezeichnet sich als Küchenhelfer und Läufer und wenn man Mike heißt und betrunken ist, auch als Sklaven. Über ihnen stehen die Köche, allesamt desolat in die Jahre gekommene Studenten. Die Autodidakten am Herd bekämpfen sich gegenseitig, so wie sie auf die buckeligste Weise um Mikes Gunst buhlen.

Der massive Dunstkreis des Veilchenhofs suggeriert Abgeschlossenheit bis zum Ersticken. Ein seltsames Hausrecht hat darin die Gesetze des Staates abgelöst. Ich beanspruche ein klägliches Gewohnheitsrecht am Stammtisch: an einem frühen Sonntagabend, nach noch einem Streit mit Mineke und alsfort mit beschlagener Brille. Es regnet auch immer noch seit Tagen und vielleicht erscheint Texas deshalb wie eingelaufen. Er sucht sofort Anschluss, die Veilchenhofversammlung ist ihm nicht geheuer und ich führe nun mal seinen Gernegroß-Familienersatz-Fanfarenzug an. Ich überrage Texas um zwei Haupteslängen. Mein Gott, bin ich groß.

Texas ist schon beim Whisky angekommen. Er sieht verzweifelt aus. Ihm zuliebe trinke ich einen Wodka mit, wenn auch bloß Absolut.

Rotwein färbt ein Revers. Ein knallhartes Vertreterinnengesicht im Zorn, dem wie ein Mariner vor hundert Jahren gekleideten Mann ist sein Malheur offenbar Jacke wie Hose. »Gut, dich zu sehen«, sagt jemand. Fehlt bloß noch, dass er mich altes Haus nennt. Als Bata Illic seinen ersten Hit in Deutschland hatte, wusste er kaum wie ihm geschah. Dieter Thomas Heck heißt an sich Carl-Dieter Heckscher. Willy Brandt war Bundeskanzler, als Jackie Stewart Weltmeister war. »Ob es so oder so oder anders kommt« ist von Lena Valaitis.

»Kennst du den?« frage ich Texas. Texas gibt Auskunft wie eine Suchmaschine: »Das ist Heinz Bindestrich Adolf Hornung, Hirnforscher in Marburg mit Veröffentlichungen in Nature. Den zweiten Vornamen verdankt er der unverbrüchlichen Führerliebe seines Vaters. Das war der letzte Wehrwolf in der Wetterau. Später gründete er in Bad Nauheim einen Franz-Josef-Strauß-Freundeskreis. Heinz Bindestrich hat fünf Jahre im Bahnhofsviertel gelebt. Er fand sich abenteuerlustig.«

Für Heinz Bindestrich ist kein Platz am Stammtisch vorgesehen. Er versucht neben meinem Stuhl stehend zu ankern, aber da ist alles grundlos. Ausgerechnet die Baroness hilft ihm aus der Patsche: mit einer Gesprächsbereitschaft an der Theke. »Love music, hate fashion« steht als verlogenes Aussagefossil auf ihrem Leibchen. Sie war gerade bei Phillip Boa im Mousonturm, die Vorgruppe ist ihr in den Veilchenhof gefolgt. Früher wäre Phillip Boa mitgekommen.

»Wir unterhalten uns noch«, hofft Heinz Bindestrich auf Begnadigung.

»Auf jeden Fall«, behaupte ich.

Die Baroness hat inzwischen soviel Sexappeal wie

eine Pissrinne. Die Veilchenhofgangster ziehen Texas auf, seinen dümmsten Spruch hat er schon gebracht. Er zitiert außerdem Schiller, »Ich fühle eine Armee in meiner Faust«, bevor er sich eine Hand von Igor aneignet und über den gepressten Daumen einen Hebel mit soviel Zug ansetzt, dass Igor rücklings gegen den letzten Kanonenofen im Nordend knallt. Ich habe Igor im Veilchenhof noch nie irgendwo anders sitzen sehen als auf dem Ofenplatz. Texas steckt komplett in seiner Lone Star-Verfassung, ein Riesenbaby, das um sich und jede Flasche in seiner Reichweite kreist, wie Tanja im Feinstaub feststellte. Sie wird immer uncharmanter in ihrem Texastext. Ich habe ihr ein bisschen auf die Sprünge geholfen, mit Zumbestengaben der ein oder anderen kritischen Tanjabemerkung von Texas im Rausch. Wir sind ja alle lieber mal fies, und Tanjas zunehmende Zugänglichkeit mir gegenüber soll von keiner Reserve untergraben werden. Mit großem Interesse verfolge ich den Gang der Gemeinheiten durch die Gemeinde. Zuletzt war Texas darüber erstaunt, wie kurz angebunden Tanja ihm gegenüber nach Dienstschluss inzwischen ist.

»Ich sage«, sagte Texas, »in Gedanken rede ich immer noch mit dir«, und Tanja sagte: »Manchmal denkt man, man hätte mit jemandem geredet und dabei hat man die ganze Zeit nur mit sich selbst geschnackt«.

Diese Einsicht geht bestimmt auf eine Einlassung von mir zurück. Ich schätze, ich kann mich bei Mineke gelegentlich auch auf einiges gefasst machen. Aus ihrem Tagebuch weiß ich, dass sie bei mir »Aufrichtigkeit und Vertrauen fand«, um »Leidenschaft« zu entbehren. Leidenschaft, Dein Name sei Louis. Louis ist Minekes

Grete, unscharf formuliert, ein nachgewachsener pied-noir und kolossaler Wutknochen. Als Kind wurde er furchtbar verhauen, das hat ihn geprägt. Ab und zu kreuzt er mit seinem zerschlagenen Habichtsprofil im Gernegroß auf, das ist dann meist weniger schön. (Die Behauptung, Frauen würden auf Verständnis abfahren, huldigt dem Schein.)

Texas hätte gern die Sonntagsschicht mit Toni. Ein paar hundert Meter vom Gernegroß entfernt, wähnt sich Texas halbwegs in der Fremde. Er ist nur im Veilchenhof gelandet, weil er Kneipen nicht auslassen kann und außerdem in unserem Kabarett noch die Bühne bespielt wird. Er ist ein Phänomen der Ignoranz, soweit es Sinn und Zweck des Gernegroß betrifft. Dass wir einen Kulturbetrieb am Laufen halten, interessiert ihn nicht. Er begreift es als seinen Zustand, im Gernegroß zu sein und da zu trinken. Mir imponiert dieses Beispiel für Egomanie. Andere sind davon genervt, vor ihrer Kleingeisterkulisse, nehme ich an. Noch arbeitet Ibu sonntags mit Toni zusammen, aber das macht er nicht mit Freude. Seit man Ibu Technikeraufgaben übertragen hat, kommt ihm der Tresendienst noch mehr als zuvor wie etwas Minderes vor. Er kämpft im Millimeterbereich um Distinktionsgewinne, wie die meisten.

»Ich red mal mit Ibu«, sage ich nicht zum ersten Mal. »Ich glaube, der hat eh keinen Bock mehr auf den Sonntagsdienst. Aber das hatten wir auch schon.«

Es gibt nicht viel, was wir nicht schon hatten. Ich spendiere Texas einen Whisky, er hat bereits drei Wodka ausgegeben. Er zahlt im Veilchenhof die Hälfte der Kartenpreise, das gehört zu der undurchsichtigen Seite seiner Verbindungen mit allen und allem im Nordend. Die Gangster machen sich zwar über ihn lustig, trotzdem genießt Texas Privilegien, die ich nicht habe. Dafür kriege ich von unserem Getränkelieferanten Freikarten für Spiele im Waldstadion. In der aktuellen Konstellation muss ich mich aber mit der Rolle des laschen Riesen geschlagen geben. Auch deshalb unterstütze ich Texas' Aufbruchsbegehren mit passendem Gebaren.

»Ihr Abfalltonnenvollscheißer wollt doch nicht schon gehen?« fragt Igor. Er sitzt da mit offener Hose und vermisst die Testikel anderer Leute.

Bei Igor klingt alles nach Häme. Er gibt sich so, als hielte er die Stammtischbesatzung komplett in der Hand. Ich will seiner Infamie standhalten. Also bleibe ich sitzen.

»Flachwichser«, sagt Igor, ungefähr in meine Richtung, er könnte aber auch einen anderen gemeint haben. Das will ich zu meinen Gunsten einmal annehmen.

Ein Camembertbrot kostet im Veilchenhof drei Euro fünfzig. Gnoccetti Sardi gibt es für acht Euro. Der Koch kommt an, was er unter Gnoccetti Sardi in seiner wanzigen piccola cucina versteht, möchte ich auch nicht wissen. Er hat schon so ziemlich in jeder Frankfurter Küche Keratin abgebaut. Der Veilchenhof ist zweifellos Schauplatz seines letzten Bluffs. Seine Tageslichttauglichkeit kam ihm vor langer Zeit abhanden. Wann war das exakt? In der Ära des Größenwahns? Als im Größenwahn noch der Flipper stand und der Vater des harten Mike nebenan seine Wirtschaft als grimmige Angelegenheit betrieb?

Mike ordert ein Kilkenny für den Koch. Er wird im Trubel vernommen, sein Personal steckt ihm gegenüber in der Aufmerksamkeitsfalle. Die Bedienung sieht so aus wie Conchita Alonso in dem Dennishopperfilm Colors. Ihre Hochsteckfrisur ist bestimmt vintage.

Ich vernehme Mikes Größenwahn, den alten Sportsfreund aus gemeinsamen Musterschulzeiten. Mir fällt ein, dass es in meiner Jugend auch im Veilchenhof einen Flipperautomaten gab. Ich schnappe den Satz auf: »Die wär doch damals beinah mit einem vom Rummel abgehauen«.

Ich vernehme »If you don‘t know me by now« als Klingelton. Die erste Band von Mick Hucknall hieß »Frantic Elevators«. Die Lippe der Ophrys iricolor ist so gefärbt, dass man ein Insekt mit schimmernden Flügeln zu erkennen glaubt. Diesem Irrtum erliegt nicht allein das menschliche Auge. Auch Bienen fallen darauf herein.

»Du hast doch noch nie was richtig gemacht«, sagt Igor. Ich versuche mich des mädchenhaften Gefühls zu erwehren, unschuldig in den Fokus negativer Aufmerksamkeit geraten zu sein. Plötzlich haben alle Schnaps vor sich. Der Schnaps stammt aus Wehrmachtsbeständen. Onkel Hermann und seine Konsorten haben es versäumt, ihn restlos niederzumachen. In Veilchenhofverliesen wurden Skelette und Musketen gefunden. Nach dem Goldschatz wird noch gesucht.

Offenbar steht ein Examen an. Mit sehr ungewissen Empfindungen lege ich mir die Frage vor, warum Texas verschont bleibt. Er scheint am Tisch aufgedunsen eingeschlafen zu sein. Er ist ziemlich dick, ein zerlegter Paladin in meiner Wahrnehmung. Ob er überhaupt noch nüchtern arbeiten kann? Ich stoße ihn an und Texas stellt fest: »Die Welt geht am Stock.«

## WANDERER ZWISCHEN DEN WELTEN

»Das war biologische Bückware«, behauptet Ibu. Er weiß garantiert nicht, was Bückware bedeutet. Das Wort hat er aufgeschnappt und selbstgefällig mit einer unbrauchbaren Bedeutung befrachtet. Die anderen haben von Bückware noch nie gehört, sie hören bloß Ibus Verachtung und finden deshalb seine Charakterisierung eines zermürbten Hartz IV-Paares sehr treffend, das bis eben im Gernegroß wie in einer Bahnhofswartehalle vergangener Zeiten herumgesessen – und mich und die Kollegen vom Rauchen im Saal abgehalten hat. Ich erwäge eine Belehrung, entscheide mich aber dagegen. Für meine Verhältnisse habe ich einen langen Tag hinter mir. Toni wechselt die CD, die Zeit für Publikumsgeseiere ist abgelaufen. Sie sieht mich fragend an und so zu mir auf. »Keine Beanstandung«, sage ich zu ihrer Beruhigung. Was soll man gegen The Clash sagen?

Toni freut sich, meinen Geschmack getroffen zu haben. So ein bisschen devot sind sie alle. Leider gibt mir das nichts. Ich schwenke mein Stupi, um mir im Einzelnen die Anstoßerei zu sparen, aber dann fängt doch wieder einer an, den Arm auszustrecken, sich vorbeugend der Teilnahme aller zu vergewissern, »und immer zuerst mit den Damen und niemals über Kreuz (anstoßen) und immer in die Augen (schauen)«. Ich mahne zur Eile.

»Bist du im Freizeitstress?« fragt Toni. Vor Gästen gibt sie mich manchmal als ihren Ehemann aus, sie hatte schon lange keinen festen Freund mehr. Ihr letzter Stecher erlebte sich als Nachgeburt eines Aztekenkönig in der Diaspora. Er gewährte Toni Audienzen. Er soll sie an die Leine gelegt haben, solche Anwandlungen kennt Grete auch. Von Toni weiß ich, dass Mineke mich (auch) vor Texas als ihren ins Tanjaland abgereisten Prinz Valium denunziert hat.

Ein alter Mann in hellem Anzug steuert den Tresen an. Ach komm, das ist doch der Willi Specht. Einst brachte er sich einen Lustknaben mit aus Südamerika. In Frankfurt machte er ihn zu seinem Sohn. Der Sohn hat sich umgebracht.

»Ich wollte nur Tschüss sagen«, sagt der theateraffine Päderast. Vor zehn Jahren war er noch eine grüne Mittelpunktpersönlichkeit, jetzt weiß er, wer im Gernegroß die dienstbaren Geister regiert.

»Beehren Sie uns bald wieder«, sage ich, und Willi Specht, diese Ex-Konifäre der Frankfurter Kultur, entgegnet zutreffend: »Betrachten Sie mich als erschossen.«

Ich begebe mich auf die Arbeitnehmerseite des Tresens. Ibu ergreift unwillkürlich die Flucht. Er nennt mich Chefchen, er studiert die Übergänge zwischen freundschaftlichem und forderndem Verhalten. Er wird nicht schlau aus der Variantenvielfalt. Ich finde, dass er grundsätzlich zu falschen Schlussfolgerungen neigt.

Mit ihrem Arsch sucht Toni Anschluß. Sie freut sich über einen Klaps. Sie wünscht sich das Chefchen viel deutlicher ihr zugewandt.

»Wusstest du, dass der Reinhard May vom Klaus Hoffmann der Taufpate ist?« fragt sie absichtsvoll verkehrt. Was daran komisch sein soll, Taufpate statt Trauzeuge zu sagen?

Gernecrossies sind gerne blöd. Toni intoniert: »Hab keine Angst vor mir mein Lieb – komm, steh vom Rinnstein auf / und geh mit mir ein kleines Stück«. Sie sieht eigentlich immer nach happy hour aus.

Toni hält sich eine Kröte namens Liebknecht. Sie hat mir eine kommunistische Vergangenheit angedichtet, wegen meines Abkürzungsregisters. Kraut mit Kartoffelbrei verkürze ich zu KP, P wie Püree. Für Thüringer Rostbratwürste mit was auch immer, aber meistens mit Kasa, wie Kartoffelsalat, notiere ich DDR auf dem Zettel, der in die Küche der Kooperative geht.

Das Kabarett bezieht Mahlzeiten für Künstler und Gäste von der Kooperative. Auch unser Getränkelager befindet sich auf der anderen Seite, manche sagen, der Welt. Wir sind demnach ebenso mit unserem Voll- wie mit unserem Leergut Wanderer zwischen den Welten.

## WENN AUS HASS MITLEID WIRD

Tanja erweitert unseren Kreis so schwungvoll, dass sie kaum die Kurve kriegt. Sie hat eine Fahne dabei, auf der »Wenn aus Hass Mitleid wird« steht.

»Ich hab mein Fahrrad an deins geschlossen«, verkündet sie. Mit deins meint sie meins, ich habe mein Fahrrad vor dem Gernegroß stehen lassen. Texas schreckt auf, was hat das zu bedeuten? Hat das was zu bedeuten? Hat anscheinend nichts zu bedeuten. Texas könnte sich zurücklehnen, hätten unsere Barhocker Rückenteile. So sackt er bloß wieder in sich zusammen. Er beherrscht die Kunst anwesend abwesend zu sein. Aber vielleicht ist das auch nur eine Tugend aus der Not, dass keiner mit ihm spricht.

Tanja steuert direkt auf mich zu, das ist neu. Texas lässt sie links liegen, das hatten wir schon ein paar Mal. Sie presst mich herzfest, für halbe Sachen ist Tanja nicht der richtige Typ. Die Fahne hat sie falschen Fans geklaut.

»Hast du die Kaffeemaschine wegen mir nicht ausgemacht?« frage ich.

»Alles sutsche«, antwortet Tanja. Sie trägt eine Duttminiatur, so eine luftige Apatschenbeule an der Schädelkehrseite. Sie trägt auch einen Schal, seltsam im Sommer. Dann ist Britta an der hitzigen Reihe der Umarmungen. Ich frage mich, wann diese beiden vom Kurs kollegialer Umgänglichkeit abgewichen sind. Hier fehlt mir eine Marke auf der Karte mit dem Beziehungsgeflecht im Gernegroß.

Tanja schnappt sich den freien Hocker neben Texas und schafft ihn zu Britta. Fast sofort sind die Freundinnen in ein Gespräch vertieft. Texas dreht ab: in einen penneresken Zustand öffentlicher Einsamkeit.

Seine letzte Reverenz ist der Raum. Er kennt ihn noch aus der Zeit, als der Raum ein vergessener Tanzsaal war. Die antike Kaffeemühle, in der wir Schlüssel verwahren, gehört zu dem weggesperrten und von Texas bewahrtem Plunder jener Ära, die Norbert mit seiner Bühnengründung vor zehn Jahren Knall auf Fall beendet hat.

Ein Programmheft verdeckt die Treseninschrift. Vorerst weist niemand Tanja auf die Holzarbeit hin. Darüber wird auch mit Norbert noch zu reden sein. Das heißt, ich werde von Norbert deswegen was zu hören kriegen, wenn er aus Kassel zurück ist. Erst jetzt fällt mir auf, dass ich Texas auf die Inschrift gar nicht angesprochen habe. So geht es mir mit ihm. Er hat es noch nicht fertiggebracht, meine Bereitschaft, ihm seine Eigenarten nachzusehen, zu unterminieren. Allerdings musste ich mit ihm vor Jahren das einzige Abmahnungsgespräch führen, dass mir Norbert je abverlangt hat. Da waren wir noch keine Freunde, auch Norbert und ich noch nicht.

Ich komme vom Klo, auf dem Klo lief »Treat her like a lady«, Texas ist weg. Außer mir beschäftigt das keinen. Toni drängt sich weiter auf, der Elan im Gespräch zwischen Tanja und Britta nimmt ab.

»Ich bekenne freimütig, ein schwaches Ding zu sein«, meldet Toni ungefragt. Mit ihren neunundzwanzig Jahren ist sie zur Zeit die Jüngste unseres Seniorenkonvents. Mir geht mein Veilchenhofdesaster nach. Das bleibt nicht unbemerkt.

»Hast du Orgasmusschwierigkeiten?« fragt Toni.

»Orgasmusschwierigkeiten werden überbewertet«, antworte ich halbautomatisch. Auch auf meinem Grabstein könnte stehen: Erstickt im Müll stehender Redewendungen.

»Es soll auch noch getrunken werden.«

Plötzlich sitzt Tanja zwischen Toni und mir und interessiert sich sehr für mein Demokratieverständnis. Während Toni nichts anderes übrigbleibt, als bei dem widerwillig auf der Kundenseite des Tresens gelandeten Ibu Bestätigung zu suchen.

Ich zeige Tanja die Inschrift, rau und höhnisch und irgendwie maritim (das könnte eine Projektion sein) wird darüber gelacht. Ein Gletscher taucht aus der See unseres friedvollen Miteinanders und verändert die Raumtemperatur. Ich bin heilfroh, nicht an Texas' Stelle zu sein. Das Schöne an meinem Status quo bei Tanja ist, dass ich nicht gegen die Klippen ihrer Schroffheit gespült werden kann. Ich nehme mir vor, mich vor ihr immer auch in Acht zu nehmen. So geil ich sie finde.

## ORDNUNGSGEMÄSSE VERABSCHIEDUNG

Um zwei Uhr am Montagmorgen ist keiner mehr im Raum, der die Frühzeit des Gernegroß mitgemacht hat. Ich kenne sie nur aus Erzählungen, von Norbert mit vollen Backen vorgetragen in der Reblausschänke am Alleenring. Ich nehme Anlauf für eine Norbertpersiflage, die Kollegen lachen immer schon vor der Pointe. Wir sind uns mal wieder schrecklich einig, selbst Britta, die selten lange bleibt und nie mehr als drei Bier trinkt, ist sitzengeblieben.

Tanja schlingert auf ihrem Hocker, sie will singen und einen drauf machen und mir in ihrem Zustimmungsfuror nach Kräften beipflichten. Die einzelnen Beiträge zerlegen sich von selbst, die Gesprächsordnung ist flüchtig. Alles ist bloß noch Gemeinsinn und im Zentrum dieser Einigkeit sitze ich, weit davon entfernt, ein Buddha zu sein.

Es gibt die ordnungsgemäße Verabschiedung. Das ist eine schlichte Umarmung, diesmal um halbdrei. Für die meisten Kollegen eröffnet sie die Aussicht auf ein derbes Erwachen in absehbarer Zeit. Ich habe eine andere Perspektive. Selten komme ich vor elf aus dem Bett. Nur Dienstags und Freitags muss ich früher aufstehen, wegen der Sitzungen in der Gernegroßverwaltungsstelle an der Eisernen Hand. Die Dependance bringt auch eine Galerie unter, Norbert betreibt sie nebenbei. Er macht viel mit links. Ja, Norbert. Wie gesagt, manche sagte auch der liebe Gott. Zu Heintjes Zeiten war er ein Kindergesangsstar. Wenn Heintje Mama sang, sang Norbert Papa. Im Stimmbruch ging er zum Fernsehen. Er wurde dann Serienstar. Dann wurde er Kabarettist. Er legte sich endlich eine eigene Kleinkunstbühne zu.

Die ordnungsgemäße Verabschiedung fällt bei Tanja noch inniger aus als ihre Begrüßung vorhin. Was ist los mit ihr? Nicht zum ersten Mal mache ich mir Gedanken über ihren Busen. Ich stelle ihn mir noch einigermaßen frei vor von den Zeichen der zweiten Lebenshälfte.

## IM ORIENT VERSCHÜTT GEGANGEN

Mineke schlägt vor, an den Loringer See zu fahren. Die Tochter eines Försters kennt den See seit ihrer Kindheit. Für ihren Vater war schon Hanau ein Moloch und Frankfurt die Hölle. Als Waldläufer im Spessart kam er auf verbotene Ideen. Andreas Baader fand im Haus am See ein Versteck. In jenen Tagen war Mineke eine Spessart-Indianerin mit Pfeil und Bogen, einem Speer Marke Eigenbau und einem SS-Dolch aus dem Nachlass des Großvaters. Die Schule stand sie einzelgängerisch durch, zuhause fehlte die Mutter. Sie hatte sich dem grüblerischen Eigensinn ihres Mannes bald nach der Familiengründung entzogen und war im Orient verschütt gegangen. Ab und zu kam einer aus der Welt in den Wald, der auch im Fernsehen eine Rolle spielte, ein abgehalfteter Fassbinder-Schauspieler. Als kaum achtzehnjähriger Lustknabe war er mit einer Zelebrität ersten Ranges durch New Yorker Saunen gezogen. Im Haus am See hielt es der Schauspieler nie lange aus, auch wenn er sich von der Abgeschiedenheit der Anlage in einem vergatterten Naturschutzgebiet hingerissen zeigte. Mineke übernahm die Verachtung ihres Vaters für die städtische Bevölkerung.

Sie brät Lammrückenfilet an, Mineke liebt es, so zu frühstücken, wie andere zu Mittag essen. Sie gibt Minze zum Lamm, schenkt sich Rosario ein. Es ist kurz vor zehn. »Ich bleibe lieber in Frankfurt«, sage ich.

Die angehende Philologin verbrachte das erste Semester mit Bildbetrachtungen. Im Städel begegnete sie Louis. Es folgte eine transeuropäische Liebesgeschichte, die wie eine Achterbahnfahrt verlief, und für Mineke böse endete. In ihrer Not wurde sie geschwätzig. Mit ihrer unglücklichen Liebe ging sie allen auf die Nerven, nur mir nicht. Ich war gerade von Grete abserviert worden. Gemeinsam probten wir das Weiterleben. Mit Selbstverletzungsabsichten ergaben wir uns schalen Empfindungen. Die Gekränkten wurden einander unentbehrlich, Mineke duldet Greteakte über meinem Bett.

»Allein fahre ich nicht.«

Mineke schneidet das Fleisch an, sie isst im Stehen, wie in einem dieser neuen Imbisse auf dem Oederweg, wo alles, was gut und teuer ist, im Vorübergehen verzehrt wird.

# DAHEIM BEI NORBERT

Seit er seinen heimlichen literarischen Ehrgeiz heimlich begraben hat, steht Norbert kugelfest im Fleisch. Geschätzt wird er als Ratgeber von Leuten mit mehr Glück als Verstand. In ihm prallt Ehrgeiz auf Gleichmut.

Norbert hegt eine Scheu vor Interventionen. Zeit seines Lebens läuft alles auf ihn zu. Er ist manchmal zurückgewichen. Er hat nur zugegriffen, wenn sich der Erfolg bereits an seine Hand schmiegte. Er ist ein Freiherr, wenn man dem Wort seine eigentliche Bedeutung zurückgibt.

Er hält sich immer noch für unwiderstehlich, mit seinem Stiernacken und dem grauen Zopf. Norbert geht als Lord unter die Leute, so wie Londoner Musiker in den neunzehnhundertsechziger Jahren.

Norbert äußert sich in Kernsätzen. Er sagt: »Sich mit vierzig anstrengen zu müssen, ist so, als wäre man mit zwanzig darauf angewiesen zu denken.« Er verfügt über siebenunddreißig Quadratmeter betonierte Außenfläche, in einem Fried aus rostendem Stahl. Der Ausblick ist unerheblich. Man sieht das nächste Haus, eine Wohnmaschine ohne Auszeichnung. Davor liegt ein kleinteilig hergerichteter Garten mit der Laube und dem Fahrradschuppen.

Ein besonderer Baum stand im Garten bis vor ein paar Jahren. Er wurde umgelegt, obwohl sich zu seiner Rettung Leute zusammengeschlossen hatten. Das ist dokumentiert, zum Protestverlauf gab es eine Ausstellung.

Der Baum beherbergte Vögel. Sie sind geblieben und scheißen auf alles.

Die Wohnung ist im Stil einer Filmsuite der dreißiger Jahre eingerichtet. Norbert ist nun auf der Höhe und zuzeiten so fatalistisch wie die Opiumraucher bei Somerset-Maugham. Das Haupt des Holofernes, in Kunststoff nachgebildet, ist ein Scherz auf einem Tablett. Man kann mit der Plastik aus Plastik Leute erschrecken. Er bittet mich, die Rüstung anzulegen, die jemand für ihn aus der Löwenburg geklaut hat. Die Burg ließ sich ein Kurfürst als Ruine errichten, um darin Ritterspiele zu veranstalten. Kasseler Schüler werden von jeher in Klassenstärke durch die Burg geführt.

Die Rüstung sieht an mir klapprig aus. Ich bin viel zu groß für irgendwas aus dem Mittelalter, auch wenn es nachgemachtes Spielzeug für die etwas größeren Zwerge des aufgeklärten Absolutismus ist. Norbert zieht an den Schlaufen, die Scharniere furzen. Er macht aus mir einen kompletten Idioten. Ich frage mich, wie weit Grete in ihren Veröffentlichungen gegangen – und was davon Norbert zu Ohren gekommen ist. Von Frauen lässt er sich nur noch am Tresen bewundern.

»Zieh das wieder aus«, sagt er so schroff, als hätte ich mir mit der Rüstung etwas angemaßt.

Die kurfürstliche Geschichtstravestie erscheint Norbert unwahrscheinlich plausibel. Ich unterziehe sämtliche Sitzgelegenheiten einer Bequemlichkeitsprüfung. Ich könnte so in diesem Leben die restlichen Tage verbringen. Eine Weile beschäftigt mich der fast lautlose Betrieb des Stubenmädchens, das in der Weitläufigkeit der Wohnung mit Staubtüchern unterwegs ist. Ein unbestimmter Eindruck zuerst, als müsste man sich seine Gesichtszüge erst ausdenken . . . als würde der ganze Mensch nur von meiner Beobachtung zusammengehalten. Das Kopftuch ist ein Skandal. Norbert möchte, dass ihm ein Band in seiner Reichweite aus dem Regal geholt wird. Er senkt die Lider, ganz der späte Brando: »Schau doch mal, ob du darin was über Mara Kara findest«.

Er spricht absichtlich undeutlich, das Stubenmädchen hat nicht verstanden. Man könnte ja auch mal böse werden und Porzellan zerschlagen, um es zusammenfegen zu lassen.

»Mara Kara«, wiederholt Norbert.

Das Stubenmädchen blättert den Band durch bis zum Appendix, es muss eine Studentin sein. Es schlägt die richtige Seite auf, Norbert möchte, dass das Stubenmädchen für ihn das Buch hält. Es muss sich noch ein bisschen mehr demütigen.

Er hat sich richtig erinnert. Tanja könnte eine Doppelgängerin der Mara Kara sein, wäre die Schauspielerin nicht schon ein halbes Jahrhundert tot. Sie starb auf einem KdF-Schiff, das vor Königsberg unterging. Ihre große Zeit als Sternchen des expressionistischen Films war damals schon zwanzig Jahre vorbei.

Ich betrachte eine Profilaufnahme. Die Schauspielerin erscheint wie knapp entronnen dem Schicksal einer heimlich trinkenden Lehrerin in einem totalitären Staat. Sie war nach dem Ersten Weltkrieg in

Berlin aufgetaucht und verrätselte da ihre Herkunft. Man sah sie in einem Kreis schwindsüchtiger Literaten um einen baltischen Lyriker, dessen Prominenz nie über einen Zirkel hinausging. Als die große Lara trat sie in Kabaretts auf. Ihre einzige bedeutende Rolle hatte sie in einem Stummfilm. Sie spielte eine Frau in unauffälligen Verhältnissen, eine Stadtrandfigur. Als doloses Werkzeug eines dämonischen Herrn wird sie begehrenswert. Ihre vernichtende Aufgabe besteht darin, das Liebesempfinden von Männern so anzustacheln, dass sie den Verstand verlieren und Verbrechen begehen. Der Wahnsinn ihrer Verehrer überrascht die Gehilfin. An der Seite des diabolischen Galans ist sie Zeugin ihrer Hinrichtungen.

## HEIMLICH VEGAN

Ein Handwerker legt seinen Sachverstand auf die Waage wohlfeilen Betragens, um den zur Hand gehenden Norbert nicht vor den Kopf zu stoßen. Der gute Mann kommt aus dem nahen Osten bei Berlin. Er kommentiert seine Taten. Still zu schweigen kommt für ihn nicht in Betracht. Ab und zu pfeift er eine Runde. Die gedeihliche Zusammenarbeit zwischen Meister und Hausherr mündet in der Vorläufigkeit einer guten Bekanntschaft, die für ihren Bestand nur noch eines Beweises außerhalb der Verrichtungssphäre bedarf. Bis dahin muss ein Graben im Gernegroßgarten ausgehoben sein. Man steht schon auf der Sohle, der Erdgeruch sorgt für ein Memento mori, als dem Handwerker einfällt, die männliche Verbundenheit mit einer Belastung zu prüfen, die ihm geringfügig erscheint. Er gibt ein Vorurteil preis, ganz einfallslos ein antisemitisches. Norbert steigt ihm sofort aufs Dach, Antisemitismus geht bei ihm sowenig wie Massentierhaltung. Seine Postulate lauten saisonales Geflügel und freilaufendes Umlandgemüse. Heimlich ist Norbert vegan. Er zeigt sich dem Handwerker in seiner ganzen Ungemütlichkeit, während Ibu einen halben Doughnut mit einem Dunking in den Korb in unserem Garten befördert. Ich kann Basketball nichts abgewinnen. Ibu schlendert zum Korb, er hat die richtige Schlabbrigkeit für amerikanische Sportarten.

## IRGENDWANN IST AUCH MAL GUT

Mit der Plötzlichkeit eines Überfalls und so verspätet wie die Bundesbahn kehrt der Sommer im Nordend ein. Noch einmal putzt sich alles heraus, wie um der Erkenntnis Vorschub zu leisten, dass alles nur für den Augenblick gemacht ist. Wir wenden uns, wie man in sparsamen Zeiten abgetragene Garnituren wendet, und leuchten ein bisschen mit. Das ist mein Bild von der Lage im aufgewühlten Garten des Gernegroß. Weil Norbert so ein origineller Kopf ist, findet unsere Weihnachtsfeier im Mai statt.

Norbert wendet Lammbratwürste auf dem Grill. Der Grill ist eine Reliquie aus der Gründungsära. Manche wissen sowas, anderen darf das egal sein. Um den Leser nicht mit zu vielen Namen zu verwirren, beschränke ich mich auf das eingeführte Personal, sieht man von Antje ab. Antje ist und bleibt für mich ein Pferdename. So heißt auch unsere jüngste Kraft. Tanja, Britta, Mineke und Antje stecken erregt ihre hellschöpfigen Köpfe zusammen, sie scheinen sich minütlich mehr zu erzählen zu haben. Die meisten Mitarbeiter sind blond und weiblich. Das hat sich in vielen Einstellungsgesprächen so ergeben. Die Einstellungsgespräche wurden von mir geführt.

»Das mein ich nicht«, sagt Norbert.

»Was meinst du dann«, fragt Texas ohne besonderes Interesse.

»Ich meine was anderes.«

»Ach so.«

»Weißt du, was dein Problem ist?« fragt Norbert.

»Kein Schimmer.«

»Du hörst nie zu. Du hörst einfach nie zu«, behauptet Norbert.

»Also, worum gehts jetzt?« fragt Texas.

»Dass das keine Existenz ist, was du hast. Darum geht es. Das wird alles nichts bei dir.«

»Aber bei dir.«

»Darum gehts nicht.«

»Warum gehts darum nicht?«

Ich erwäge die Einführung einer Putzschicht und spreche Tanja darauf an.

»Dat häff mi dächt«, erklärt sie, in Zuneigung bizarr aufleuchtend. Sie ist nun immer so sehr ganz Ohr, wenn ich was sage. Ich kapiere diese Premiumfreundlichkeit nicht. Tanja trägt auf wie eine Verliebte.

Mineke fühlt sich von meiner Intervention gestört. Texas nimmt den Mann in der Frauengesellschaft als Chance wahr, um aufzurücken. Tanja fühlt sich von Texas gestört, abrupt kehrt sie ihm den Rücken zu, ein Triumph der Missachtung.

Die Künstler am Nebentisch reden über Perche-Equilibristik. Mich freut, dass ich weiß, was das ist.

»Was ist Perche-Equilibristik?« fragt Antje weinerlich. Absichtlich spricht sie das Kombiwort so verkehrt aus wie möglich. Sorgen jagen sie wie ein Platoon Dämonen die arme Seele. Seit drei Monate bekommt Antje ihre Tage nicht. Sollte sie tatsächlich in anderen Umständen sein, wäre das eine ganze Menge im Vergleich zu den geschilderten Erlebnissen auf der anderen Seite des Kausalzusammenhangs. Über den eingesetzten

Hilfsschüler: Immer gern zu spät zu einer Verabredung kommen, es dann aber furchtbar eilig haben bis zur Samenspende. So einer kann Handball spielen und was weiß ich noch alles, Vorspiel kann er nicht. Der Wetterbericht hat Antje persönlich am Morgen heitere Aussichten versprochen, für Texas muss Tanja noch deutlicher werden. Sie prahlt mit einer grottigen Wahrnehmung seiner Person: »Irgendwann ist auch mal gut.«

## TO SCRATCH WITH THE CHICKEN

Ich entziehe mich den Turbulenzen. Meine Absicht mit ein paar sinnlosen Schlenkern verschleiernd, setze ich mich behutsam ins Kabinett ab. Da steht der Fernseher, neben einem Turm aus leeren Kästen. Auf dem Tisch liegt eine angeknabberte Nussecke auf ihrer Tüte. – Die Kronkorkensammlung in alten Bindingbiergläsern.

In einem antiken Aschenbecher aus der Ernte 23-Ära vergammelt ein angerauchter Joint.

Texas findet mich zu seiner Erleichterung. Was ist dieser Mann auf den Hund gekommen! In den alten Tagen des Nordends hätte es mich geehrt, von ihm gegrüßt zu werden. Er spricht über Junior Browns selbstgebaute Gitarre. Er ergötzt sich am Klang des Wortes Pedal Steel. Immer weiß er, wer ein Lied zuerst gesungen hat und in welcher Version es richtig klingt. Ihn verstimmt, dass zurzeit alle Welt Johnny Cash hört. Sein Großvater war Weidenkorbflechter, sein Vater Polizist in einem Taunuskaff, das nach dem

Zweiten Weltkrieg zum Randbezirk einer amerikanischen Garnison wurde. Auf Dorfstraßen lernte Texas die Weltsprache der Sieger. Er ahmte Soldaten in allem nach und übernahm so zufällig einen fremdländlichen Lebensstil. Bauernsöhne aus Tennessee ließen ihn mit ihren Waffen spielen. Sie brachten ihm diese zurückgelehnte Art bei, die er im Gernegroß wie ein Schild zu seiner Verteidigung einsetzt. Er glaubt immer noch, mit den Adlern zu fliegen, ich möchte ihn in diesem Glauben lassen.

## SCHADE UM DEN SCHÖNEN DURST

Ich gönne mir einen Humpen Rhönsprudel, und Texas sagt erwartungsgemäß: »Schade um den schönen Durst.«

Schade um den schönen Durst sagte man in meiner Kindheit, wenn einer »ein Cola« bestellte oder, was noch zweifelhafter war, Zitronensprudel. In Pilsstuben hatte man Pils zu trinken, aus Nullzweilitergläsern, mit abnehmender Trinkgeschwindigkeit. Allein die ersten drei waren im Nu zu leeren, andernfalls ergaben sich Nachfragen, etwa, ob man »vorgetrunken« habe. Das folgte einem strikten Reglement, von dem Onkel Hermann behauptete, es sei von seinem Patenonkel festgelegt worden. Unsere Familie brachte einige Wirte hervor, es gab Aufschwünge, bis zum Genre der Edelverköstigung.

Onkel Hermanns Patenonkel hieß Onkel Kurt. Er war älter als ein Greis, als ich zum ersten Mal in seine Kneipe im Prüfling kam. Seine Gäste waren zugezogene Familienväter, ihre Frauen dankbar für Putzstellen.

Wer auf dem Büro arbeitete, hatte es weit gebracht. Allgemein wurde auf den Pfennig geachtet. Die Schluckspechte kannte im Grenzland zwischen Bornheim und Nordend jedes Kind. Sie erschienen gleich nach der Arbeit. Uronkel Kurt würfelte mit ihnen an der Theke, jeder Stammgast besaß einen eigenen Becher.

Untereinander war man laut und umgänglich und dazu aufgelegt, sich gegenseitig auf die Schippe zu nehmen. Dem Gemeinschaftssinn zum Trotz entgleisten Freundschaften, so dass es nie wieder gut wurde zwischen zwei Männern. Fremde fanden sich nicht unbedingt willkommen in diesem öffentlichen Wohnzimmer. Frauen im Lokal hatten Ehefrauen zu sein und zu warten ohne Aufsehen zu erregen. Anderenfalls mussten sie mit übler Nachrede rechnen. Im Verlauf der Jahre trug Onkel Kurt ein paar Freundschaftszeichen zusammen, so wie einen Wimpel und Schnitzkram aus dem Erzgebirge, der über den Flaschen auf einem Regal verstaubte. Mit einer Glocke wurden Thekenrunden eingeläutet. Das passierte nicht oft. Es gab Termine der Freigiebigkeit, Onkel Kurt hielt sie sorgsam ein. Ansonsten versuchte er, halbwegs vergeblich, einen Abstand zu wahren, der ihm krumm genommen worden wäre, hätte davon jemand was mitgekriegt.

»Schampfütze« war ein Wort für den Rest, den einer im Glas ließ.

## SCHATTENFÜSSLER IN DER EISERNEN HAND

Minekes Kühlschrank hat Mundgeruch und Goethe war fast sein ganzes produktives Leben lang mit dem Faust beschäftigt. Ein erster Wurf glückte ihm mit fünfundzwanzig. Da stand er unter dem Einfluss von Shakespeare und dem Sturm viel näher als der Klassik. Der hessische Werktag beginnt mit HR 3 und alldieweil mit Schlechtgebabbel. »Die besten Jahre sind, wenn die guten um sind«, sagt der Mann im Radio. Mineke findet das treffend. Sie lacht auch über Grandsenior, eine Wortschöpfung, die mich angeblich gut beschreibt. Werden sie und ich dereinst Bankette der Kaninchenzüchter besuchen, mit Frühlingsgefühlen im Herbst. Was ist denn das Problem? Dass ich allen Leuten besseren Sex unterstelle, als ich ihn je hatte. Wir gehen mal wieder gemeinsam unter die Leute. Die Gernegroßdependance an der Eisernen Hand stellt Hundsköpfe und Schattenfüßler aus. Früher suchte man in den Leichen von Mohren nach Rückbildungsmerkmalen eines Affenschwanzes, bevor man sie ausstopfte. Der physiologische Schwachsinn des Weibes stand früher außer Frage. Daran erinnert Texas, ihn interessiert nur, wie Tanja darauf reagiert, in ihren rhapsodischen Zuständen.

## SASHA

Ich mute meinem Rad ein paar Steigungen auf Schotter zu und lausche dem Geräusch der von Profilen bedrängten Steine. Vor mir setzen sich Felder voneinander ab. Ich erwäge die Abfahrt ins Enkheimer Ried und entscheide mich für die Lohrbergvariante. Der Hang stinkt abgebrannt nach Grillgut, vom Licht des Tages ist nur noch ein schwelender Rest übrig. Ich rolle in die Stadt, werde Teil ihres Verkehrs, den rauschenden Hauptströmen bei jeder Gelegenheit ausweichend.

In Erwartung eines großen Abends mit Sasha lungert Antje vor dem Mousonturm. Alles, was man zu ihrer Identifizierung kritisch anführte müsste, könnte eine Fatwa zur Folge haben, ausgesprochen von den Muftis des gesunden Volksempfindens im Gernegroß. Der Kampf der Kulturen als Konzert ist ausverkauft, mit Antje freuen sich ein paar hundert Leute auf Sasha Schmitz aus Soest. Vorgeblich hat Antje nichts dagegen, dass ich mein Versprechen, sie zu begleiten, dahingehend abwandle, für die Dauer der Veranstaltung in ihrer Nähe zu bleiben. Ich steuere das nächste Wasserhäuschen an, eine melierte Plaudertasche meldet: »Die Alten jagen den Jungen jeden Bekleidungseinfall ab.«

Gemeinsam treten wir das Pedal der kulturellen Verzögerung. Ein Prosit unserer freimütigen Lebensart. Dann kamen die Clubjacken auf, ja und der Dietmar Schönherr und ja, die Vivi Bach. Wir erinnern uns an das käsige Deutsch dieser beispiellos toupierten Dänin. Als Raumschifforionkommandant hieß Dietmar Schönherr McLane und im Kampf gegen Rassismus und Kolonialismus entspricht es einer Kulturtechnik, negative Begriffe umzudeuten und ihren aggressiven Kern neu zu adressieren, und wo liegt noch mal ganz genau Guadeloupe? Kann man vom Sandweg aus jedenfalls nicht hinspucken.

»Ich weiß doch, dass du Sasha anspruchslos findest«, sagt Antje. Sie stemmt sich gegen die Kränkung, hält tapfer fest an ihrem Fahrrad.

»Lass uns Feinstaub gehen«, sage ich, in der Hoffnung dort Gernecrossies zu treffen, die sich um Antje rührend kümmern werden.

## SENIORENNIEDLICHKEIT

Der Künstlerkühlschrank muss abgetaut werden. Der Rolladen im Technikerraum ist kaputt. Die Treseninschrift wurde mit unschönem Resultat abgeschliffen. Es ist wieder Dienstag, und Tanja hat extra für mich und wegen des Michaelaliedes eine Element of Crime-CD gebrannt und Gras wie Heu mitgebracht, direkt von der Wasserkante aus Neustadt in Ostholstein. Zugestellt wurde ihr das Gras von einem geheimnisvollen Emissär. Er dräut in den Erzählungen der letzten Woche, Tanja war mit ihm im neuen Bett in der Schmidtstraße und außerdem in dieser Jeverbude auf dem Sandweg, wo nur Sankt Pauli-, HSV- und Werder Bremen-Spiele gezeigt werden. Nord heißt das Ding, gleich neben dem Mampf. War früher ein unangenehmes Café. Ich habe den Fischkopf noch nicht gesehen, Texas weiß gar nichts von ihm. Das soll so bleiben, wie Tanja im Feinstaub fuchsig feststellte. Ich bin ihr Vertrauter, für Texas sieht das nach viel mehr aus. Er stinkt vor Eifersucht, kaum zu glauben, dass der Mann seit fünfundvierzig Jahren auf der Welt ist. Bis eben lebte er in der Erwartung, dass Tanja sich demnächst wieder für ihn erwärmen könnte, er kann sich sein Leben anders nicht vorstellen als als Wiederholung sämtlicher Folgen der vergangenen Jahre.

Die Kehrseite dieser Einfallslosigkeit ist seine Beständigkeit. Auf Texas ist Verlass, zumal in den Sedimenten des Gastrokleinkrams. Ungebeten pullt er Wachs aus den viel zu teuren, wie zum Klauen bereitgestellten Neckermannwindlichtern. Er bittet um einen Lappen, auf einem Tisch hat er eine Schmutzschicht gesichtet wie Kolumbus‘ Mann im Mastkorb einst unerhörtes Land. So vertreibt Texas sich die Zeit zwischen der stoßartigen Zuführung von Alkohol. Er könnte auch noch den Grauburgunder ausladen und einlagern.

»Bist du noch bei Kräften?«, frage ich.

Texas lässt sich gern stattlich ansprechen. Er freut sich wie ein Dementer, dass er schon vor meiner Ansage weiß, wofür ich ihn einspannen möchte. Ausnahmsweise belächelt Tanja sein grenzwertiges Wesen. Ab und zu scheint ihr doch noch mal einzufallen, weshalb sie mit ihm zusammen war. Texas kann ganz schön putzig sein. Fraglich nur, wie man Putzigkeit bei einem alten Sack finden soll?

Ich notiere »Seniorenniedlichkeit« für Norbert. Der kann alles gebrauchen für seine diversen Prosamüllabbreviaturen. Er staubt nicht mehr viele Formulierungen bei sich selbst ab.

## UFOS ÜBER RHEINMAIN

In diesem Prä-Nord-Café verkehrte der Typus des verhassten öffentlichen Schweigers. Mineke kreuzt auf, gestern haben wir endgültig Schluss gemacht. Ich habe Norbert davon in Kenntnis gesetzt, manchmal weiß ich auch nicht, wie ich mich finden soll. Zurzeit senden die Kassen in den Supermärkten wieder Zahlencodes aus dem All als persönliche Botschaften für Mineke. Ihre Haare sind Antennen und in der Warteschleife über dem Rheinmainflughafen mischen ungesehen Ufos mit. Die Tarnbomberqualitäten der

Ufos sind nur nicht ausgereift genug für meine Ex. Vorsichtshalber verbündet sie sich mit Texas, der in seiner Verwirrung leichte Beute ist. Mineke hält ihn für besonders hellsichtig in ihrem Wahn. Ich beobachte die beiden in einer Aura der Vertraulichkeit. Kann sein, dass Mineke mir mehr übelnimmt als sie zugibt, auf jeden Fall könnte sie mich unter der Gürtellinie treffen, wenn sie was mit Texas anfinge. Heute morgen bin ich auf meine beste Brille getreten, ein ganz schlechtes Zeichen.

## SIGGI

Der Bühnenscheiß ist Pantomimenschiss, mit einem Kissen namens Siggi in der abkackenden Rolle. Als soziale Randerscheinung existiert Siggi in gewaltigen Schatten, die Lehnen werfen – eben so wie die polsternden Großformate vom Schlag eines Hugos, der als Patriarch der Beletage dieser Welt die Hausordnung vorgibt. Siggis Desaster beginnt damit, dass ihm sein Zipp abhanden kommt. An sich ist das bloß ein Blechstück am Reißverschluss, die höheren Chargen besitzen edlere Varianten. Siggi sucht danach im Großraum der Verluste, in Kammern, Verschlägen und Verließen der Sofa-Unterwelt. Ich werde immer mal wieder fast verrückt, seit wir während der Show nicht mehr lesen dürfen. In der zweiten Hälfte überläßt Tanja Texas ihren Brandschutzplatz am Bühnenrand, wir hocken im Untergrund des Tresens einvernehmlich wie ein Paar zusammen. Wäre ich Norbert, würde ich jetzt »lunare Empfindungen« notieren.

## DER FREUDE FLÜGEL

Tanja ignoriert die Getränkewünsche ihres Ex. Grundsätzlich auf ihrer Seite und getrieben von unguten Empfindungen, werfe ich um halbelf den Grasbeutel aus Neustadt in die Luft, als wollte ihn meine Lebensfreude von der Schwerkraft befreien.

Tanja dazu, im Tonfall von Loki Schmidt: »Wir sailten einst von Yokohama und brachten viel Opium von dort. Dem Captain, dem passte das gar nicht, da schmissen wir ihn über Bord.«

Inzwischen bietet Tanja Texas kein Stück Schokolade mehr an – und ich kriege einen Tonträger und Gras und jede Menge Aufmerksamkeit. Gar nicht so unvernünftig von Texas zu glauben, Tanja würde mich vor seinen Augen angraben.

»Und wenn es so wäre«, sagt Tanja nach zwölf, Texas ist abgerückt, leider nicht allein, »das geht diesen Abortschüsseltaucher mal gar nix an.« Sie bricht bald auf, »morgen früh ist die Nacht vorbei«. Sie rät mir noch, was Schönes zu träumen, da ist aber der Fischkopf vor.

## FINALER RETTUNGSSCHNAPS NACH DER THEKENBEICHTE

Nun hat Tanja mit Mineke mehr zu tun als ich – und ich habe viel mehr mit Tanja als sie mit Texas, und darauf muss sich auch Norbert als promovierter Platzhirsch einen Reim machen. Seine Mutter konnte noch Wolle spinnen. Das Spinnrad hat er für den Fundus aus Kassel mitgebracht. Er beichtet am Tresen, wenn sonst keiner mehr da ist. Er geht zum ältesten Friseur im Viertel. Für ein neues Plakat will Norbert Botticelli kopieren lassen, die Venus natürlich. Bei Mineke steckt die Venus als Postkarte im Rahmen des Badezimmerspiegels.

»Qu-est-ce qu`il y avec toi?« fragt Norbert gebildet. Sein Arsch ragt wieder mal halb aus der Hose, das hat ihm immer noch keiner erklärt.

»Was gibt das zwischen dir und Tanja?«

Die Frage will er sich als Freund herausgenommen haben. So ruppig er sich der Welt zeigt, im direkten Umgang öffnen sich bei Norbert oft die Schleusen. Er glänzt dann am Buffet und erzählt von Kassel. Er will so viel mehr mit mir befreundet sein als ich mit ihm.

Was Tanja betrifft, könnte ich mir viel vorstellen. Bloß, was geht das Norbert an. Bloß kann man ihm das nicht so sagen wie man Texas sowas sagen könnte. Ich entscheide mich für Wodka als finalen Rettungsschnaps. Ausnahmsweise trinkt Norbert Wodka mit. Mir zuliebe, das ist mir schon zuviel. Soll doch jeder trinken, was ihm am besten schmeckt. Ich fühle mich von Norberts Wohlwollen verhaftet. Dieses Wohlwollen degradiert mich. Könnte ich wirklich was nach Norberts Begriffen, würde er mich mit seiner Gemeinheit verfolgen.

## IN DER WURST SCHWITZEN

Ein später Vater stellt sein Glück auf der Treppe aus. Das Leben will noch was von ihm. Leute erreichen ihr Ziele wie nach Wanderungen. Sie sind für alle Wetter gerüstet.

Da ist eine Frau, die ihren Arbeitsplatz, eine Metzgerei in der Humboldtstraße, jeden Tag aus dem Umland erreicht, die dörfliche Ordnung ihres Feierabends zum Gegenstand einer ständigen Schwärmerei macht und mich zum Popanz ihrer Verachtung. Sie verweigert mir jeden Gruß, während sie ihre Aufgaben unentwegt plaudernd (in einem Zustand geschäftiger Aufgeräumtheit) erledigt. In einer Bäckerei an der Eckenheimer Landstraße meint eine eingewanderte Verkäuferin sich etwas zu vergeben, mich zu bedienen. Im Gegenzug wähne ich sie verhaftet in der Firlefanzwelt. Die Tschechin in dem Tabledance-Lokal an der Moselstraße spricht kein Deutsch und wundert sich, dass ich Englisch kann. Sie möchte von mir eingeladen werden, der Spaß kostet erstmal sechzig Euro. Für dreißig Zusatzeuro tanzt sie für mich in einem Separee.

Du siehst einen Mann am Kinderwagen und denkst: den Wagen willst du nicht schieben. Der Nachwuchs deiner Generation ist erwachsen.

»In diesem Jahr muss einem das Wetter wurscht sein«, weint einer, und du möchtest ihm wehmütig beipflichten wie einem Freund.

Nun gibt es auch im Holzhausenpark eine Bewirtungsgelegenheit. Als das Ding aufgebaut wurde, dachte ich, es sollte darin Kunst in den Park gebracht werden. Wie so oft, laufen die Tatsachen auf etwas anderes (als Kunst) hinaus. Ich werde nur dann soweit gehen, einen Kaffee zu bestellen, wenn Tanja auch einen möchte. Wir sehen uns so selten im Freien, ich finde, wir sehen im Freien anders aus als im Gernegroß.

Tanja ist immer so eifrig und hat immer schon alles erledigt. Sie findet, dass ich als Chef nachdrücklicher sein könnte. Sie findet, dass ich ein guter Chef bin. Sie lehnt dicht bei mir am Gernegroßtresen, während Texas weit weg die Spüle duscht. Sie missachtet ihn mit System, das ist mir noch nicht lange klar. Jedem Vogel würde Tanja ein Winterkleid häkeln, aber Texas hat bei ihr verschissen, man fragt sich schon, wie das so derb kommen konnte.

»Are you a lucky little lady in the city of light . . . or just another lost angel?«

Das kommt davon, wenn man Texas nicht einschränkt. Er ist in seiner Fantasie viel weiter als Tanja und ich in Wirklichkeit. Er fürchtet sich schon vor dem Tag, an dem wir beide etwas von Tanja Geschenktes anhaben. »Wie stellst du dir das vor?« fragte er unjüngst aufgewühlt. »Du hast im Park die volle Aufsicht in deinem karierten Hemd, ich schwitze in der Wurst und ab und zu kommt Tanja vom Tresen in die Lounge und krault deine Eier. – Und während ich noch den Grill putze, frierst du schon mit ihr unter einer Decke«.

»In der Wurst« heißt auf Gernegroß in der Grillstation. Die Lounge ist der Personalsektor. Warum erklärt

Tanja Texas nicht die Lage? Sie könnte ihn einfach entschärfen, sie scheint daran aber Freude zu haben, ihn heißlaufen zu lassen. Sie berührt mich, gar nicht mal so burschikos. Ich bin verabredet und verspreche, später noch vorbei zu kommen. »Ick freu mir«, sagt Tanja vom Eise des Hochmuts auf Lebenszeit befreit. Wie gesagt, the road to hell is paved with bescheuerten Redensarten und abgelaufenen Nachahmungen ortsferner Zungen.

## MEIN COUSIN, DER FEUERWEHRMANN

»Hast du schon mal operierte Brüste angefasst?« fragt mein Cousin, der Feuerwehrmann. Wir sind schon wieder nur im Feinstaub. Auf dem Rückweg ins Gernegroß werde ich todsicher im Veilchenhof zwischenlanden, während der Feuerwehrmann, wie an jedem Mittwochabend, bei Salvatore auf der Rohrbachstraße sein letztes Getränk einnehmen wird. Meistens finde ich es gut, dass alles so feststeht, nur manchmal überfällt mich ein klaustrophobisches Grauen und ich fange an, in meinen Erinnerungen an andere Stadtteile zu kramen.

»Ich wollte bordeaurot und matt, aber er wollte burgunderrot und glänzend«, erzählt eine Frau am Nebentisch. Ich kenne keine Frau mit operierten Brüsten, falls sich sowas mit Bestimmtheit sagen lässt. Mein Cousin ist seit Jahren in festen Händen, der Zustand lädt anscheinend zur Flucht in die Fantasie ein. Früher haben wir auf dem Kackstreifen des Alleenrings gemeinsam Bier getrunken, das verbindet. Grundsätzlich findet der Feuerwehrmann den Gernegroßbetrieb bedenklich sektenförmig. Er ist älter als ich, ich habe von ihm Kneipenspiele gelernt. Wir knobeln um jede nächste Runde, es regnet schon wieder.

## DIE VERABREDUNG

Seit Anbeginn der Zeiten hat es das noch nie gegeben. Es ist kurz vor halbeins und Texas vegetiert schon nicht mehr im Gernegroß weiter.

»Tanja hat den Abwasserschlürfer sowas von heimgeschickt«, verkündet Norbert. Tanja schenkt mir geradeheraus ein.

»Warum nimmst du ihm nicht seine Panik?« frage ich.

»Erstmal die wesentlichen Dinge«, interveniert Norbert, er meint Schnaps. Wie immer bei Schnaps, sagt Tanja: »Ich heute ausnahmsweise nicht.«

Sie füllt aber sehr bereitwillig, vielmehr fürsorglich die Gläser für Norbert und mich. Wir Eingeschweißten verzichten auf jede Verzierung unseres Begehrens breit zu sein und abzurücken vom kakophonischen Schwall der Welt. Schon fühle ich mich hinter einen Vorhang des Vertrauens gezogen. Ich fühle mich ausgezeichnet.

Tanja wiederholt sich: »Und wenn wir es hier auf dem Tresen treiben würden, hätte das die Ackerfresse nicht zu bekümmern.«

Ich variiere den Satz still vor mich hin und lehne mich dabei weit aus meinem inneren Fenster.

Norbert: »Wenn dieser Affenfehlfick nicht kapiert, was Getrenntsein bedeutet, ist das sein Problem.«

Anscheinend beleidigen wir heute mit A am Anfang wie bei Achselschweißhomöopathie. Ich kann mir nicht helfen, aber die Laufrichtung des Gesprächs versorgt doch manches Bedürfnis. Die Ereignisse kommen mir entgegen, was soll der Geiz und die Humanität. Texas hat schon soviel auf die Mütze gekriegt, warum sollten die Erschütterungen für ihn ein Ende nehmen.

»Wir werden der kleinen Scheiße heimleuchten«, erklärt Tanja. »Die geht mir bestimmt nicht mehr lange auf die Ketten.«

Kleine Scheiße fängt nicht mit A an.

»Ich bin dabei«, sage ich. So angenehm kann Gruppendruck sein. Den Soundtrack zum Schwur liefert Neil Young. Auf ernstzunehmende Weise musikalisch oder auch nur musikalisch interessiert ist in meiner Familie, bis hin zu meiner Urgroßmutter, kein Mensch je gewesen. Oma Peule war so fromm, dass sie schon zu Lebzeiten die Engel singen hörte. Ihr Schwiegersohn hörte Reiterlieder und meine konzertsüchtige Mutter Bill Haley and The Comets. Der Wundermann des Rock'n'Rolls sah für den Knaben, der ich war, so schmierig aus wie ein Handelsvertreter mit getürktem Behindertenausweis. Norbert überlässt uns das Gernegroß, er guckt noch mal nach den Kooperativen. Der harte Mike mischt jetzt in der Kooperative mit, Norbert muss wissen, was das zu bedeuten hat. Ich würde mich niemals freiwillig in diese letzte Runde begeben. Das ist nur was für total Kompakte. Für Leute wie Rouven, der vor mir ausspuckt, seit ich mich wegen Grete nicht umgebracht habe.

Aluminiumfolien-Glattstreicher wäre für »kleine Scheiße« auch in Ordnung gewesen.

»Bist du verliebt?« frage ich Tanja.

»Sicher nicht in dich.«

Tanja küsst mich auf den Mund, »zu Übungszwecken«. Ich beschließe, den Grund ihres Grolls gegen Texas nicht weiter zu ergründen und mich stattdessen mit der Vermessung der Grenzen ihrer Zugänglichkeit ausdauernd aufzuhalten. Auf einem Nebengleis meiner Überlegungen leuchtet ein Rachesignal als Möglichkeit auf. Falls es Mineke und Texas getan haben sollten, wird das Texas bald nicht mehr unerheblich bis vergessbar erscheinen.

»Können wir was anderes hören?« frage ich.

## PRÄSUIZIDALER TOAST

Mineke war mit einem Bekannten in Montenegro. Der Flug ging nach Dubrovnik in Kroatien, Dubrovnik hat den gefährlichsten Flughafen Europas, das Flugzeug wurde von der Bora geschüttelt. Die Landung war abenteuerlich, eigentlich nicht zu schaffen. Von Dubrovnik dann mit Mietwagen nach Belici ins Hotel Splendid. Die Sonne geht in Belici ganz früh auf, morgens um sieben ist es da auch im Winter schon richtig hell. Ausflug an die albanische Grenze, alles ganz düster, voll die Hinterwelt. Gut war der Wellnessbereich im Hotel. Mineke redet so, weil sie mit dem Bekannten nicht unbedingt glücklich ist. Er ist zwanzig Jahre älter als sie, ein Bauunternehmer mit zwei oder drei Familienruinen. Ein Extremist, wenn es um Kunst und Kultur geht. Bei jeder Gelegenheit ins Konzert, Theater, Kino, in die Oper, in eine Ausstellung. Und für später ist immer schon ein Tisch reserviert. Sehr anregend findet der Bekannte ein besonders enthirntes Stück, in dem der Mannesmann-Prozess für Joe Ackermann anders ausgeht als in den Nachrichten. Im Knast gerät Joe A. auf den leuchtenden Pfad der Kapitalismuskritik. Seine neuen Genossen ziehen daraus ihren eigenen Schlüsse. Mit ihren Erkenntnissen spekulieren sie sich in die Wohlstandszone.

Es passiert auch sonst noch allerhand, aber nur an einer Stelle spitzen sich die Dinge zu, während die Vorbereitungen für den nächsten Park die Hektischen vibrieren lassen. Texas scheint in einer Art Eichhörnchenmodus angekommen zu sein, vielleicht auch schon in dem Stadium präsuizidalem Trostes. Ich bringe das bei Norbert an, aus Trost wird Toast.

## ORGANE IN DER KÜHLBOX

Prinzenquelle hieß in meiner Kindheit ein besseres Mineralwasser. »Trinkt noch wer Prinzenquelle?« frage ich. Ich schwitze in Norberts Büro.

Norbert trägt dick auf mit leiblicher Trägheit. Er gibt an mit dem Geschmack von rotem Pesto auf einem Basilikumbett. Rotes Pesto gab es vor ihm überhaupt nicht. Basilikum auch nicht, und auch kein Ziegenkäse (spanischer Direktimport) und keine Feigen. Früher wuchsen an den Feigenbäumen nämlich Datteln. Die Prinzenquelle hat Norbert seinerzeit auch entdeckt, na klar wundertätig, als San Pellegrino für Arme. Vitamine bezeichnet er als Vietcongs und Tomaten findet er wahlweise so dumm wie Terroristen oder so gefährlich wie Touristen (Pauschtourioten).

Eine Zyklopenschlampe ersten Ranges hält einen Vortrag über das Hospitalflugwesen. Am deutschen Hospitalflugwesen soll die Welt genesen. Organflüge finden angeblich unter schwierigen Bedingungen und dann auch noch nachts statt. Das Thema bietet ein gewaltiges Rührungspotential und ist von regionaler Relevanz. Viele Flüge starten in der Wetterau, auf dem Flughafen Reichelsheim.

»Also gut«, sagt Norbert, von der feuchten Hitze förmlich aufgebraucht, »wir machen ein Benefiz für Medical Flight. Da kommen wenigstens die Organe in die Kühlbox.«

Klar ist Norbert früher viel selber geflogen, er äußert sich über die Eigenschaften einer Piper Cheyenne in der Manier einer Hanna Reitsch.

WAS WILL DER DENN?

Tanja ist sich in allem sicher. »Das musst du doch nicht«, sagt sie ständig. »Zieh dir den Schuh doch nicht an«, sagt sie oft. »Laß Dösbaddel doch tüttern. Narren sünd ook Minschen.«

»Was will der denn?«, fragt sie.

So fern steht ihr Texas, dass sie die Frage an mich richtet, während er direkt neben uns in den Tresen beißt. Sie packt ihre Arme nach Art der Löwinnen auf meine Schenkel, offenbar schwer damit beschäftigt, ihre superkameradschaftlichen Gefühle für mich nicht im Hass auf Texas untergehen zu lassen. Tanja tobt, ich kapiere wirklich nicht, wie der Kaputte das fertiggekriegt hat.

Allmählich finde ich Gefallen an diesem Schlachtfest. Freunde schließen auf, irgendwer will Oberösterreich neu entdecken und Toni fängt an »Suzie Q« zu singen. Nein, das ist nicht von John Fogerty, »Suzie Q« ist von Delmar Hawkins und Blues ist call and response und »Fraa Rauscher aus de Klappergass« ist von Kurt Eugen Strouhs und für uns Katholische ist das mit der Scheidung so eine Sache. Im Grunde ihres Herzens teilt Toni mit Papst Pius XII. die Ansicht, dass der Kirche keine Vollmacht zukommt, die Ehe aufzulösen. Hier muß ein mediokrer Staat den Ausputzer spielen, ohne Einsicht in die Tragweite des prosaischen Auflösungsbescheids. Oder, um es mit Matthäus zu sagen: »Was Gott verbunden hat, das dürfen die Leute nicht trennen.«

## SCHWERE BÜRZEL

Ohne Kopfschmerzen vormittags auferstanden. Mittlerer Raucherkater, prompter Stuhlgang. Dies als gutes Omen empfunden. Erster Kaffee im Netcafé am Nibelungenplatz mit seiner Uhrenarmada. Will ich wissen, wie spät es gerade in Tokio ist? Vielleicht ist das für die Fachhochschülerinnen in ihren Verschleierungen interessant. Ich wechsele ins Relax (Schwarzburg-Ecke Weberstraße), die Bedienung reißt sich kein Bein aus und erscheint trotzdem tüchtig.

Ich lese Fests Erinnerungen. Mich unterhält der Wille zur Bürgerlichkeit. Norbert stellt sich ein. Er trägt zunehmend schwerer an der Last seines Rumpfes und den Bürzeln eines Würdenträgers. In letzter Zeit säuft er wieder Whiskey, nicht ohne ständig von Harry Rowohlt und dessen Paddyaffinität anzufangen. Wieviele Leute wären jetzt lieber als ich an meiner Stelle im Gespräch mit dem lieben Gott? Lortzing lorzt an, beschwert sich, tratscht, trägt Bosheiten aus wie ein Bote. Sein Gehilfe war schon der Stift seines Vaters. Als junger Mann trug der Gehilfe die Faust, (immer noch hat er vor keinem Angst). Einmal schwamm er durch den Main, auf der Flucht vor Zuhältern, vor denen er auch keine Angst hatte. Um Lortzing zu deklassieren, kritisiert Norbert den Titel der Fest'schen Erinnerungen: »Ich nicht«. Es sei unbillig einen Satz mit sich selbst zu beginnen. Aber eine Schar von Domestiken mit der eigenen Notdurft zu beschäftigen, geht in Ordnung.

Für solche Leute beginnt doch jeder Satz in der Ersten Person. Ich erinnere an Gernhardts »Ich Ich Ich«, das ist natürlich ganz was anderes. Norbert tauft seine Einfälle in einer Jauchegrube der Grundsätzlichkeit. Lortzing verfährt genauso. Beide bringen ihre Invektiven an den Mann.

Was ist eigentlich ein Retardat? Das habe ich bestimmt noch nie gewusst.

## OHNE VORSPIEL

In der ersten Stunde der Schicht bereitet Tanja für uns eine Seemannsmischung zu. Die Seemannsmischung besteht aus heißer Milch, Rum und Kakao. Früher haben sich Tanja und Texas damit in Stimmung gebracht und dazu Kronbergerkuchen aus dem Papier geschlagen. Zu ihren Geburtstagen gab es auch immer eine Kronbergertorte.

Es ist gar nicht so einfach, immer im Dschumm zu bleiben. Ich deklariere die Seemannsmischung als ideales Sommergetränk.

Vor den Fenstern zankt das Klo mit Igor, der Fürst der Finsternis verwandelt die Kooperative gelassen in einen Basar. Er verhökert Restposten aus sogenannten Haushaltsauflösungen. Haushaltsauflösung ist ein Wort für Einbruch und Diebstahl.

»Ist doch egal«, sagt Tanja zu dem bösen Lärm. In meiner Welt gibt es keine Partei, in der sie als Bündnispartnerin nicht willkommen wäre.

Das Klo bringt eine Rohrzange und Handkäs vorbei und möchte Kaffee dafür. Es möchte auch ein bisschen bei uns bleiben, verweilen im Reich der Netten. Die Schatziinsel war ferner ein Wort für das Gernegroßkomment. Abgesetzt wurde es wegen des Verdachts einer herabsetzenden Beibedeutung von Schatzi, während »Gerneblöd« unbeanstandet blieb.

Ein Rezensent kreuzt auf, in die Jahre gekommene freie Mitarbeiter von Zeitungen sehen schäbig aus. Norbert bemüht sich um ihn, das Klo kennt ihn als guten Kerl aus dem »Café läuft«.

Norbert hat Groupies, das sind abgekämpfte Frauen mit starken Gebissen. Für den Rezensenten denke ich mir die Formulierung »ohne Vorspiel zum Höhepunkt« aus. Egal, in welchem Zusammenhang, ohne Vorspiel zum Höhepunkt geht auf jeden Fall.

## ABEND VOLLER GEFÜHLE

»Die Kernkompetenz der XXL Consulting Group besteht darin, neue Technologien zu bewerten«. So steht es geschrieben auf einem Beipackzettel. Das Unternehmen feiert sich selbst im Gernegroß, eine an höchster Stelle akkreditierte Botschafterin der guten Laune hält die Ansprache. Lars Reichow verspricht einen Abend voller Gefühle. So eine enorme Betriebsfeier hatten wir noch nicht. Leitende Herren stehen grundsätzlich im Weg. Mit erpresserischer Süsse verkaufen Engel Lose. Nicht erkennen lässt sich, ob die schwebenden Jungfrauen eingeflogener Firmennachwuchs sind oder in Frankfurt gemietet wurden. Mittlere Managerinnen in ihren Frontkostümen schreien Tanja an, das geht überhaupt nicht. Ich schalte mich ein, die Managerinnen verachten mich sturzbachartig. Norbert pfeift mich zurück, er verlangt von Tanja, den Gucciausscheidungen zu Willen zu sein, Tanja drängt Tränen zurück. Das habe ich noch nicht gesehen. Hinter dem Tresen auf ihren Knien, kippt sie den Prosecco aus Valdobbiadene ab, ich habe Tanja auch noch nie Prosecco trinken sehen. Sie eskaliert lautlos, während Norbert eine Schleimspur bis zu den Bassinrandschwimmern in der Firmenleitung zieht.

## DAS HEMD ALS FLASCHE

Ich verbringe einen Abend zuhause und schau mir zuerst »Departed« und dann »Gangs Of New York« an, weil Tanja die Filme gefallen haben.

Ich warte auf den Satz »If you get all of us together, we ain‘t got a gang, we‘ve got an army«.

Ich kaufe Zitronenpfeffer und bereite Eier mit Tomaten und gewürfeltem Speck so zu wie Tanja es mir als Frühstücksvorschlag unterbreitet hat. Ich hole grünen Spargel auf dem Mittwochsmarkt am Bornheimer Uhrtürmchen und spreche auf dem Heimweg eine Einladung zum Spargelessen aus, die von Tanja zuvorkommend abgelehnt wird.

Eines Nachts lassen Tanja und ich Texas so zurück, dass dem armen Schwein gar nichts anderes übrigbleibt als zu denken, wir gingen gemeinsam nach Hause. Manchen Leuten bleibt nichts erspart.

»Ob er uns nachstellt?« frage ich Tanja auf der Straße und Tanja antwortet verdrossen: »Der ist doch viel zu abgesoffen, um sich noch für die Jacke zu interessieren. Sein Hemd ist die Flasche.«

## MAN HÄLT KEINEN ZUG AUF, INDEM MAN SICH DAVOR WIRFT

»Es ist nicht so, wie du denkst«, sage ich zu Texas. Allerdings fände ich es besser mit mindestens drei S, er hätte recht mit seinen Befürchtungen. Aber wann hatte er schon mal recht? Im Gernegroß auf jeden Fall noch nie! Meine Beziehung zu Tanja hält Texas für soweit fortgeschritten, dass er schon das Fazit parat hat: »Man hält keinen Zug auf, indem man sich davor wirft.«

Texas legt sich alles zurecht. Er ist gründlich da auch, wo er fantasiert. Tanja zieht ihre Zunge über meinen Hals, Texas soll sich offenbar nicht alles ausdenken müssen. Vielleicht um ihm zu helfen, bringt Toni Gisèle Celan-Lestrange ins Spiel, sie erörtert die Rivalität zwischen Gisèle und Ingeborg Bachmann. »Wusstet ihr, dass Celan aus der Bukowina stammte? Heutzutage könnte er mit dem Shantel auftreten.«

Tanja ignoriert ihre eigene Belesenheit. Sie kontert mit einem Gassenhauer für Seefahrer.

»Mutter Erde ist ein fettes Weibstück, und ich mag sie um so mehr aus diesem Grund. Selbst der Arsch der Welt ist so wie er sein muß, weich und warm und wunderschön dick und rund.«

## NAGER A CONTRE-COURANT

Mineke berichtet von ihrem letzten Handstand im Katzenklo, sie wollte im Urin einen Hirnbrand löschen. Sie ist schon aus einigen Wohngemeinschaften geflogen, wegen exorbitanter Aktionen.

Mineke hält fest an meiner Freundschaft, dem Vertrauen ohne Leidenschaft. Sie lädt mich zu Liza Minelli in die Alte Oper ein und weckt Unmut mit hemmungslosem Mitgesang. Keine Frage, Mineke kann singen, aber deshalb sind die Leute nicht in die Alte Oper gekommen. Die Edelschabracke aus L.A. lässt sich feiern. Alle sollen sich von ihr geliebt fühlen, ich frage mich, ob so bigger than life geht. In einem Ding auf der Freßgass bestellt Mineke ein Getränk mit Vodka und Vanille. Sie packt Angelikawurzeln aus, das passt doch zu den hessischen Tapas im Angebot.

Gegebenenfalls führt Mineke Spiraltänze in keltischer Manier auf. Aber im Augenblick ist sie bei der Zerstreuung. »Aus der Zerstreuung« kehrten Juden in das Land ihrer Väter zurück. Die Proklamation der Staatsgründung fand im Stadtmuseum von Tel Aviv statt, am Vorabend des Sabbath. Mineke bringt das historische Ereignis in einen Zusammenhang mit Agenten, die in Hubschraubern Jagd auf sie machen. Sie schützt sich, indem sie Leitungen baut, notfalls mit Schneebesen. Sie versteckt sich im Strom.

»Nager à contre-courant«, sagt Mineke. »Darauf kommt es an.«

»Nager à contre-courant«, wiederhole ich als Trinkwort. Das Bier in diesem Laden geht in Ordnung, wer hätte das gedacht. Mineke macht ein Übernachtungsangebot, aber ich möchte nicht in ihrem Bett an Tanja denken. Jede Berührung von Tanja wiegt schwerer als das volle Programm mit Mineke.

## DIE GANZE WELT

»Die ganze Welt wird nur von dir geträumt«. Lewis Carroll

Texas war bei Robin Gibb, das bringt auf jeden Fall mehr Punkte als Liza Minelli. Toni singt für ihn »New York Mining Disaster 1941«, inzwischen geht sie offen gegen Tanjas Lieblosigkeit vor. Für Toni ist Texas ein Denkmal (auf der Fläche ihrer Herkunft), das sich nicht unbedingt mehr alles merken können muss. Für Antje ist Texas ein unnötiger Schwachkopf, so sieht ihn auch Britta in ihrer Indifferenz.

»Ich fühlte mich wie auf einer amerikanischen Erweckungsveranstaltung«, berichtet Texas. Vor noch nicht allzu langer Zeit wären er und Tanja gemeinsam bei Robin Gibb gewesen, Texas hätte sich auf dem Heimweg mit ihr zerstritten und im Gernegroß wieder vertragen.

## ÖFFENTLICHES WÄSCHEWASCHEN

Auf dem Boden meiner Tasche fährt Duschgel aus dem Schleckermarkt in der Neuhofstraße mit auf dem Rad. Zuhause benutze ich Seife aus dem Aldi, aber die kann man nicht ins Training mitnehmen. Eine Erinnerung an die Plastikschalen, zu der Zeit als es noch kein Duschgel gab und ich Fußball beim FSV spielte.

Ich entferne ein Salatblatt aus dem Fischbrötchen vom Fisch Brenner, ich esse auf dem Bürgersteig. Fahrschüler warten auf Fahrlehrer. Die Motorradführerscheinanwärter stehen extra. Auf der anderen Straßenseite verelendet ein Waschsalon, ich finde öffentliches Wäschewaschen peinlich, die Leute, die vor dem Waschsalon rauchen, sehen erbärmlich aus. Aber he, da raucht auch Tanja. Ich geselle mich zu ihr, unverfänglicher könnte eine Gelegenheit sich fern der Heimat zu begegnen, nicht sein.

Tanjas Wäsche ist trocken. Sie legt zusammen, in einem Riesentumult mit Hunden und Heroinabhängigen und Leuten, die das alles lieber ein bißchen geordneter hätten, sich aber nicht trauen, mehr als ihren Mißmut auszustellen. Alle Waschmaschinen sind belegt, in den Trocknertrommeln flattert die Privatsphäre. Ich kann sowas nicht sehen, ohne an Flucht und Vertreibung zu denken. Vorsichtig schiebe ich hinter Tanja her durch die Menge ins Freie. Ich will keinen direkten Kontakt mit diesen Kranken und Fertigen und Altersarmen und Studenten . . . nicht jetzt, so kurz bevor ich meinem Leben eine neue Richtung geben werde. Ich versuche mich daran zu erinnern, wie es war, ins Training zu gehen, das Sportzeug gefaltet in der Adidastasche. Mein Athletengefühl habe ich schon vor zwanzig Jahren verloren, in letzter Zeit fühlt sich jedoch eine beängstigende Schwächlichkeit bei mir behaglich. So will ich nicht weiterleben, aber dann sitzen Tanja und ich doch wieder nur im Feinstaub und telefonieren Leute herbei und von einem sinnlich gesteigerten Interesse an meiner Person kann nicht die Rede sein. Zum ersten Mal taucht der Graslieferant mit seinem Namen in Tanjas Erzählungen auf. Er heißt Rocko wie Schamoni. Ich stelle ihn mir vor als so einen Friesenjungen mit Wind im Haar. Die Vorstellung wird von einem Gefühl der Unzulänglichkeit flankiert.

Ausgerechnet Antje fragt nach Texas. Er steht im Raum, als hätte er sein Stichwort gekriegt. Ihn hat niemand angerufen. Er versucht bei Tanja anzukommen, schneidend verweigert sie die Begrüßung. Das ist ein Regelverstoß. Eine Schockwelle schwemmt die Wohlfühlpartikel vom Deck des Gernegroßvergnügungsdampfers. Instinktiv sucht jeder Halt in hohen Tonlagen. Texas steht so beschädigt da, dass keiner mehr Hilfe für möglich hält. Da steht ein defekter Mann, der sich furchtbar verirrt hat. Texas zieht sich an den Tresen zurück, zu dem Amerikaner, der seit Vietnam nicht mehr nüchtern war. – Dem Ex-Junkie, der sich mit Schach kuriert hat. – Zu Heinz-Zwo, der den Wirten Fleisch für ihren privaten Verzehr andrehen will, und zu Petra Tiefpunkt mit ihrem französischen, auch schon im Gernegroß breitgetretenen Programm. Tanja wechselt von ihrem Stuhl auf meinen Schoß, sie erpresst meine Lippen.

»Mach endlich den Mund auf«, verlangt sie nicht ohne Zärtlichkeit. Ihre Zunge scheint Spaß zu haben, ich würde lieber rauchen oder wenigstens husten.

»So habe ich mir das erste Mal nicht vorgestellt«, sage ich bei nächster Gelegenheit.

»Ist der Gartenzwergaufsteller immer noch da?« fragt Tanja.

Texas ist weg, Tanja rückt traulich ab, und weiter dreht sich das Gespräch um biologischen Anbau zu der Zeit als biologischer Anbau noch einen agrarischen Sonderfall darstellte.

Ibu stellt einen Fuß auf Tanjas großer Wäschetasche ab, vermutlich aus Versehen.

»Hasst du Texas?« fragt er.

»Schnack kein dumm Tüch«, erwidert Tanja. Inzwischen sind wir beim Ekel vor verschwitztem Künstlerzeug in der Garderobe. Was man alles am liebsten noch nicht mal mit spitzen Fingern anfassen möchte. Bei dem Soundso sah es nach der Vorstellung so aus, als habe er auf dem Schminktisch abgespritzt. (Starke Formulierung, Tanja findet das Sprachbild »vollkommen okay. Was glaubst du denn?«. Ob sie schon mal Sperma vom Boden geleckt hat? Ob sie schon einmal mit zwei Männern gleichzeitig Sex hatte? Mehr noch interessiert die Analsexfrage.) Was sich in Perücken alles einnisten kann. Sind nicht die meisten nationalstaatlichen Ordnungsbegriffe obsolet geworden?

## GERRE IM O 25

Jemand ist im Suff durch eine Glastür gelaufen und hat sich dabei die Kehle aufgeschnitten. Von einem Ohr zum anderen. Jemand schreibt Adyashadasgagangillhhafishauqkirangagarkar fehlerfrei auf eine Serviette, vielleicht als Gedächtnisübung. Jemand hat gleich Geburtstag und schmeisst schon mal eine Runde Hamburg Sauer vorab. Manche sagen auch WC-Ente zum Hamburg Sauer, Texas zum Beispiel und Grete, die das Getränk in unserer Gegend eingeführt hat, und bestimmt sagt auch Gerre Geremia WC-Ente. Ich beachte Gerre im O 25, wo ein Luftgitarrenwettkampf als Contest stattfindet. Jemand macht Billy Idol nach, er illustriert »Rebel Yell«, die Gernecrossies finden sich richtig vor Ort. Zu »Welcome to the jungle« bricht die Veranstaltung vom Sockel ihrer Organisation, Tanja tanzt aus jeder Umarmung, sie ist mit solipsistischem (frenetischem) Ernst bei der Sache, und endlich schreit Ibu: »Laß sie doch in Ruhe, du Guffel im Glasmensch, oder sieht für dich so Bock aus.«

## IM DIALOG MIT GOTT

Das Unvorstellbare ist geschehen, Texas hat die Schlüssel abgegeben. Norbert reibt sich die Hände, als habe sich das im Takt seiner Absichten oder, um es so wie Norbert zu sagen, in der Konsequenz eines Kompotts glücklich vollzogen. Er hat die Schlüssel entgegengekommen, heute morgen um halbneun auf dem Weg zur Eisernen Hand. Wie gut wir uns kennen. Texas weiß, wann er weiter nichts zu tun hat als auf der Koselstraße in Höhe der Kirche zu lungern, wenn er Norbert unbedingt vor dem Frühstück treffen möchte. Norbert und ich sind allein im Gernegroß, an einem Donnerstag um eins. Die Kaffeemaschine verbirgt sich in einer lokomotiv zischenden Dampfwolke, bald wird sich jemand vom Fach um sie kümmern müssen.

»Wie hat er sich verabschiedet?« frage ich.

»Mit verhacktem Gefasel.«

»Und jetzt?« frage ich.

»Und jetzt ist dieser güllegurgelnde Klosteinlutscher draußen.«

»Wegen nichts und wieder nichts.«

»Das hat schon seine Richtigkeit.«

Norbert verweist auf den übergeordneten Standpunkt. Nur er kann ihn einnehmen für Mitteilungen wie aus den Wolken. Dass ich gerade in Personalnot geraten bin und die »Wurst im Park« nun auf der Kippe steht, interessiert nicht. Norbert befindet sich im Dialog mit Gott, aber eben auch in Personalunion mit IHM. Insofern verwischt die Grenze zwischen Zwiesprache und Selbstgespräch. Daraus ergibt sich auf jeden Fall nichts Praktisches und der humanitäre Aspekt bleibt sowieso alttestamentarisch unberücksichtigt. Wird Texas jetzt zum Sozialfall? Ist Sozialfall jetzt auch Hartz IV? Was fängt Texas an mit seiner Zeit ohne uns und das Gernegroß? Ich kriege kaum auf die Reihe, dass ich ihm seine Verzweiflung eingebrockt habe. Für nichts und wieder nichts, wie arm ist das denn. Das darf man überhaupt nicht bedenken. Ich widme mich meinen Listen, um von Norberts schäumender Selbstgefälligkeit nicht mehr als das Grundgeräusch mitzukriegen. Ich bin eine Geisel seiner Sehnsucht nach Freundschaft. Das ist auch nur eine Variante von Unzucht mit Abhängigen.

## GESCHMACKSRICHTUNG WALDBEERE

Tanja freut sich, mich im Donnerstagsdienst zu sehen, sie ist aber auch überrascht. Donnerstags arbeitet sie mit Texas zusammen, noch hat diese Einteilung ihre Geläufigkeit nicht verloren.

»Was glaubst du, warum er sich bei dir nicht gemeldet hat?« frage ich.

»Keine Ahnung«, antwortet Tanja, im Sog ihres Tagesjobs noch halbwegs in den Vorhöllen der Friedhöfe. Deshalb sage ich, den guten Chef hervorkehrend: »Komm erstmal an.«

Wir gönnen uns einen Stimmungsaufheller und stoßen mit den besten Espressotassen an. Sie haben eine Bodenstärke von achtkommafünf Millimeter und kosten fast zehn Euro das Stück.

Tanja legt mir eine Pastille auf die Lippen, gegen die Fahne. Das Produkt kenne ich nicht: Hustol Fruchtpastillen, Geschmacksrichtung Waldbeere. Britta möchte auch probieren und außerdem eine mittlere Apfelschorle mit viel Mineralsprudel in einem Apfelweinglas. Tanja richtet die Kleinspeisen auf dem Tresen an, besorgt scheint sie nicht zu sein. Ein Anruf unterbricht ihre Vorbereitungen, sie telefoniert in der Garderobe.

»Das war Mineke«, berichtet sie in besonntem Zustand. »Einen schönen Gruß soll ich ausrichten.«

Ich wünschte Texas käme zum Vorglühen und alles wäre wie immer. Ich bringe es nicht fertig, Tanja zu fragen, ob sie mit einer rigorosen Reaktion gerechnet – sie womöglich berechnet hat. Ich bringe das Leergut fort.

# HITLERJUNGENHAARSCHNITT

Die Künstlerin des Abends macht sich bemerkbar. Sie erinnert daran, aus dem Gernegroß schon rausgeraucht worden zu sein. Tanja cupiert das schäumende Geltungsbedürfnis mit minimalen Maßnahmen.

»Wir haben keine gebrannten Mandeln«, sagt sie zu der Künstlerin, die nach sonstwas gefragt hat. Die Künstlerin deckt ihre Tasse mit der Untertasse ab, bevor sie ihr Tampon wechseln geht. Barfuß, wie ich das hasse, mischt sie sich unter das letzte Aufgebot. Das sind unsere Gäste. Mit einer Pose individualisiert sie sich vor einem frei im Raum hängenden Foto, das die Künstlerin als Halbwüchsige zeigt.

»Wir sind so schnell bei der Benennung unserer Helden«, behauptet sie vor einer Wand voller Jugendfotos. Sie zeigen Ermordete, Mörder und ein paar Berühmte, unter denen der zwölfjährige George Bush jr. mit seinem »Hitlerjungenhaarschnitt« hervorsticht.

## VÖLLIG AUSGEBRANNT I

Die Spatzen pfeifen es von den Traufen: Texas hat den Löffel abgegeben. Die offizielle Erklärung dafür lautet, er sei völlig ausgebrannt.

»Der Schrottarsch ist völlig ausgebrannt«. Norbert prägt seinen Leuten diesen Satz ein, so als sei Texas im Furor seines Abgangs taub und stumm geworden. »Schrottarsch« wird variiert, ich merke mir noch Menstruationsbeischlafverweigerer. Allenfalls für fünf Besserinformierte ist Texas »an einer Inszenierung gescheitert«. Die Wendung stammt leider von mir und bezieht sich verdreht auf die Feinstaubszene. Norberts Begeisterung, als Tanja für ihn Details zu einem Bukett der heiteren Muse verband. Inzwischen hat Texas sich bei ihr gemeldet: »Er hat mir eine Mail geschickt und uns alles Gute gewünscht.«

»Der glaubt immer noch?«

»Warum sollte der jetzt etwas anderes glauben als vorher?«

»Hast du geantwortet?«

Tanja hat einen Ausdruck ihrer Antwort parat, ich glaube, mehr für Norbert als für mich. Norbert darf jedenfalls zuerst lesen, fehlt nur noch, dass er vorliest.

»Das ist formidabel formuliert«, sagt Norbert, als sei von einem juristischen Schriftsatz die Rede. Tanja trägt den verbalen Pokal durch die Schicht, Texas scheint ihr in keinem Augenblick zu fehlen. Ich sehe ihn ständig vor mir und nun sehe ich auch, wie eingeschüchtert er zum Schluss war.

## VÖLLIG AUSGEBRANNT II

In der Kooperative Kooperierte applaudieren stehend. »Der Murmeltierficker ist endlich weg und von dannen«.

Wann immer es passt, wandere ich für Tanja mit Voll- und Leergut zwischen den Welten. Die Eingeschweißten der Gegenseite pfeifen ihr hinterher, sie wollen ihr behilflich sein und die Flaschen einzeln von einem Lagerplatz zum anderen transportieren. Zehn Mal an jedem Abend soll Tanja ihren Ex kumpanischer Häme ausliefern, wie konnte er nur so blind sein. Dass er so blind war, lässt jede Beleidigung in die Schieflage einer Untertreibung geraten. Da hört der Spaß auf: in der unerwarteten Haltlosigkeit einer Behauptung, die sich totalitär auf den Ort bezieht. Für mich ist Frankfurt das Nordend – und das Nordend ist für mich das Gernegroß. So und nicht anders ging der Text des Herkunftsvirtuosen Texas.

»Für den geht gerade die Welt unter«, behauptet Ibu. Er weiß noch mehr. Texas hat seine Wohnung gekündigt, die Küche hat ihm seinerzeit Ibu eingebaut. Diese schöne Wohnung in der Rotlintstraße, an sich uneinnehmbar für einen der letzten Armen im Nordend. In der Texas bis zu seinem Tod bleiben wollte.

»Der ist nicht mehr im Nordend.«

Ich erfahre das von Toni. Mit siebzehn war sie als Austauschschülerin in einer amerikanischen Gehirnwaschanstalt, in der alle Freiheitsrechte heimlich abgeschafft wurden. Sie hat ihre eigene Art, Brezeln zu portionieren. Seltsam souverän (überraschend ungezwungen ist auch nicht besser) wirkt sie, und ganz bestimmt ist Toni nicht so wie sonst bedacht darauf, Aufmerksamkeit zu erheischen. Kühl bis geradezu ans Herz schenkt sie mir ein. Sie nötigt mich, um dieses und jenes zu bitten, als wäre ihr der Ablauf meines Aufenthalts am Gernegroßtresen sonntags zwischen halbsieben und Viertel vor Acht in seinen schlicht zisilierten Stadien von jetzt auf gleich nicht mehr so gegenwärtig. Wo bleibt die Liebedienerei?

»Wo ist er denn hin?«

»Zu seiner Ex-Ex nach Steinheim. Frankfurt kürzt er nur noch kleingeschrieben ab.«

Um viertel vor sieben zünde ich eine Zigarette an, Norbert raucht noch. Tonis Tadel pariert er ungewöhnlich scharf: »Viertel vor sieben ist, wenn ich fertiggeraucht habe.« Zu Texas diktiert er seinem imaginären Eckermann: »Na gut, dann ist der Pseudopath nicht nur völlig ausgebrannt, sondern auch völlig ausgebrannt abgehauen.«

## AKTE DER GRAUSAMKEIT

Norbert nimmt Toni ins Gebet, er wittert Renegatentum. Natürlich hat Norbert eine K-Gruppenvergangenheit. Toni, die für eine Zwergin etwas zu groß ist, stellt sich ihm aufrecht entgegen. »Mein Lieber«, sagt sie zu Norbert, und mein Lieber zu Norbert zu sagen, ist schon verwegen, »Texas ist keinesfalls ausgebrannt abgehauen. Er ist very Gentleman like gegangen, um das vermeintliche Alphapaar auf der Betaebene in seinem Glück nicht weiter zu stören. Gekündigt hat er das Nordend, um Tanja und Boris nicht auf dem Schauplatz seiner Tanjaliebe bei einem B-Remake erleben zu müssen.«

So redet man nicht mit Norbert, weder so geschwollen, noch so zurechtweisend, noch so herabsetzend: »Der Scheiße hat sich in seinem Suff und seinem Wahn völligst verrannt und ist indes abgebrannt.«

Die ersten Gäste stören sich am Rauch, Toni reißt die Feuerschutztür auf. Ich leide am »B-Remake« und mehr noch daran, dass Toni Texas vermutlich schon korrigiert hat. »Die sind gar nicht zusammen, die hatten noch nicht mal eine Affäre. Tanja hat einen Freund, den keiner kennt, und Boris, die arme Sau, ist solo und sabbert schon.« Ich höre Texas lethargisch vor Unglück fragen: »Was sollte mir das dann sagen: die Geilheit am Tresen? Die Schoßhündinnennummer im Feinstaub? Waren das bloß kalt kalkulierte Akte der Grausamkeit?«

## GEMÜTLICHE MUNDART

Ein wie so oft vor jedem Anfang animiertes Publikum hört den Wasserfall in einer Leitung, verlegt zu einer Zeit, als grüne Kordsofas der letzte Schrei waren. Solch einem Möbelstück zur Seite steht ein Beistelltisch. Er dient einer Bierflasche als Unterlage. Der Depp vom Dienst hilft der Stimmung fäkal auf die Sprünge: »Mit einer Klobürste lassen sich doch nur die Spurenelemente beseitigen«. Wenn eine Show so los geht, ist Polen immer schon offen. Da ist der Freund der Tochter als Mischung aus Afrikaner und Neger in gemütlicher Mundart immer das nächste. Ich sehe schwarz für den Abend, aber Norbert amüsiert sich mit seinen Gästen. Er hat das Nordend zu seiner Provinz gemacht, mit mutwilligen Beschränkungen. Was ihn aufregt, ist harte Butter zum Frühstück und verranzte Wurst im falsch abgetauten Künstlerkühlschrank. Er schreddert unsere Salzbrezeln, während Toni noch nicht mal das weiche Brot von Gelfuss kauen darf. In der Pause geht der Nobi zum Künstler in die Garderobe, die gestern ganz bestimmt nicht gefegt wurde.

## NORBERT MONOTON

»Wenn man es genau nimmt und bei Licht betrachtet«, sage ich und komme nicht weiter. Tanja gefällt es, mir ins Wort zu fallen: »Ungenau und im Halbschatten geht auch.«

Ich fahre fort: »Dann haben wir Texas verarscht.«

»Gut so«, freut sich Norbert monoton, den Berg seiner Texasverachtung kann kein Mensch abtragen. Ich finde Norberts Freude unvernünftig, Texas ist ein guter Arbeiter und kontinenter Kollege.

Ich nehme noch einen Anlauf: »Was ich in der Hauptsache sagen wollte: Jetzt weiß er das. Texas weiß, dass wir ihn verarscht haben. Er weiß jetzt, dass er sein Habitat grundlos aufgegeben hat.«

## ORTSKASPER

»Dieser Ortskasper«, krächzt Britta, verächtlich und erbittert und auf Dauer empört nicht allein aus Tanjasolidarität. Von einer Freundin, die mal zu dicht neben Texas gewohnt hat, weiß sie aus sicherer Quelle, wie seine Verhältnisse abgegangen sind und das zweifellos nicht im Eierschaum von zuviel Zärtlichkeit. Wir Eingeschweißten wissen das alle so genau wie diese Freundin angeblich, aber mit Rücksicht auf Tanja wird darüber nicht diskutiert.

Tanja rückt in ihren Zustand der Unansprechbarkeit ab. Dies zu neuen Liedern von Old Udo L. Ich vermisse die heißen Abfallprodukte ihrer Ranküne. Sie sieht mich an wie die nächste große Enttäuschung,

Toni hätte auch dichthalten können. »Wenn du Texas wieder bei uns arbeiten lässt, bin ich weg.«

»Den Rosettenheld lassen wir hier noch nicht mal durch die Tür«, verspricht Norbert. Daran wird zu erinnern sein.

## ALLES QUATSCH

Toni fällt es zuerst auf: »Du bist immer hier.«

Ja, ich fühle mich nicht mehr wohl »da draußen«.

»Alles Quatsch da draußen«, sage ich. Toni belächelt das Texaszitat. Ahnt sie, wie mir zumute ist? Inzwischen wurde Texas an ihrem Wohnzimmerfenster gesichtet. T'n'T wohin man schaut. Toni fällt das ganze Haus als Erbe zu, mir steht das Finanzamt auf den Füßen. Ich erfrage im Dienst bei der Auskunft die Nummer. Sie lautet 069 für Frankfurt und außerdem zweifünfvierfünfnulleins.

Ich schaue mich um, wenn ich auf der Eckenheimer zu tun habe. Ich frage unseren Obstali auf der Glauburgstraße, ob er Texas gesehen hat. Als Junge bin ich manchmal über Steinheim hinaus am Main entlang, Texas könnte jeden Tag mit der S 8 via Mühlheim und Offenbach und vorbei an hundert Anglerheimen einfahren.

Mir graut vor einem Treffen und der stumpfen, unerwachsen mit Tanja und Norbert abgesprochenen Erklärung: »Dir wären die Dinge womöglich in einem anderen Licht erschienen, wenn du nicht immer als so tief ins Glas geschaut hättest«.

# MADE IN BRASILIA

Ich hätte an seiner Stelle nichts anderes gesehen. Ich habe nichts anderes gesehen: in Erwartung einer Vertiefung meines Verhältnisses zu Tanja. Was für ein gespreizter Scheiß. Tanja hat mich zuletzt im Feinstaub direkt abgewiesen. Nun entwickle ich Fantasien, das ist nicht gut. Ich bilde mir ungenutzte Gelegenheiten ein. Ich stelle mir Tanja mit Rocko vor. Ob er bei ihr daheim die alten Schlappen von Texas aufträgt?

Wo die Leute immer so herkommen. Rocko kam auf Djerba zur Welt. Nach seiner Familie heißt er so wie das Schwarze Meer auf türkisch: Karadeniz. Rocko wuchs in Norden an der Mole auf. Eine ältere Stadt gibt es in ganz Ostfriesland nicht. Er kennt sich mit Jörg Fauser aus, er beglückt Tanja mit der Wandervogelweise »Kein schöner Land in dieser Zeit«. Seine pantomimische Darstellung der Schächtung eines Schafbocks auf einer türkischen Alm taugt für die Bühne. Rocko gibt sich träge, lässt aber der Ahnung Vortrieb zukommen, in Überbietungswettbewerben groß geworden zu sein. Er ist sieben Jahre jünger als Tanja und hat zwei Tage nach ihr Geburtstag.

»Man kriegt ja kaum noch eine untätowierte Frau heutzutage«, sagt Rocko im Tonfall haarklein wie Dittsche. »Arschgeweihe sind das Übelste. Ich hatte mal eine Brasilianerin, bei der stand »Made in Brasilia« auf dem Steiß. Sowas will man doch umgehend versklaven.«

»Genau«, schreit Tanja, »umgehend versklaven.« Sie hebt an: »Verdammich, secht Hein: dat sünn Piraten.

Dat is cha man wirklich zu dumm. Hätt'n wi man Kugels un Pulver geladen, statt ranzige Butter und Rum.«

Aus lauter Liebe ist Rocko bei Tanja eingezogen. Ab halbelf haben wir ihn am Tresen. Tanja macht sich mit ihm über die Hessen lustig.

»An sich muss der Hesse nicht lachen.«

Die Einlassung begreife ich als social engineering. Ich beschließe, »social engineering« umgehend in Umlauf zu bringen. Das ist endlich ein Wort für Antje, mit ihrem dicken Arsch. Ohnehin kommt alles Gelächter aus der Verzweiflung. Erkläre mal einem, der ohne Wasserhäuschen sozialisiert wurde, die extrem spaßige Verkürzung einer Lichterkette zur Licherkette!

Es ist überhaupt kein Wunder, dass der römische Expansionsdrang sich im Taunus erschöpfte. Schon damals gingen den Legionären im deutschen Urwald beim Anblick koboldiger Witzfiguren die Augen über. Ich versuche es mit Badesalz: »Wenn einer Osama bin Laden mit einer Douglaseinkaufstüte sieht, stellt sich ihm doch unweigerlich die Frage nach einem Parfüm namens 'Explosion'«.

Mit Tanja gleite ich nicht mehr durch die Schichten. Sie erzählt mir auch keine Witze mehr. Statt dessen stellt sie fest: »Du brauchst mal wieder eine Frau.« Aber schließlich ist auch »die Verzweiflung nur ein Andrang des Daseins«, um Rocko und Rilke zusammenzubringen.

## FRUITS ET LÉGUMES

Social engineering setzt sich nicht durch. Plötzlich macht wieder die Runde, was Texas alles mit der Wurstzange kann. Der Park spannt den Nacken, Vorfreude war gestern. Heute drücken die vegetarischen Bedürfnisse des Nordends und seiner Mütter auf den Nerv der Lebenslust. Obwohl der Grüneburgpark im Westend liegt. Eine Sehnsucht nach Untergang und Verderben treibt von jeher ihr Wesen im bürgerlichen Lager. Inzwischen bieten türkische Obststände »Fruits et Légumes« an. Wo sind eigentlich die Spanier geblieben? Gibt es Spanien überhaupt noch?

## PUCK IM PULK

Großes Künstleraufkommen nach Sendeschluss, das hatten wir lange nicht mehr. Um halbeins stecken Tanja und ich noch voll in der Bewirtung. Jürgen Prochnow und Hans Liberg sind im Gernegroß, nach einem Auftritt in der Alten Oper. Tanja bemerkt einen mexikanischen Schriftsteller im Exil. Sie hat ein Buch von ihm gelesen. Ich habe noch nie von Horacio Castellanos Moya auch nur gehört.

Die Künstler trinken aufs Haus, ohne dass man sich an Freibiergesichtern mit Spott schadlos halten könnte. Norbert stellt seine feinen Seiten aus. Er ist der Puck im Pulk, ich bin Hehdukannstema. Tanja ist auch Hehdukannstema und Hastenichnoch, obwohl sie den Horacio Castellanos Moya gelesen hat.

Norbert will immer schon alles gewusst haben. Allmählich werde ich auch auf ihn eifersüchtig, wie Tanja sich zu ihm stellt, ihr fleißiges Abnicken seiner Weitsichtigkeitspräpotenzen. – Sein Wohlwollen Rocko gegenüber. Warum sollte er Texas nicht in sämtlichen Rollen ablösen? Rocko sagt auch ffm statt Frankfurt und zwar genau so, dass man die Kleinschreibung durchgängig mitdenkt. Sein »Made in Brasilia« behauptet sich als Synonym für jeden letzten Scheiß. Gar nicht so selten macht Rocko mit den Kooperierten weiter, wenn im Gernegroß Schicht ist. Rocko versteht sich mit Rouven, von allen am längsten können Rocko & Rouven den Tresenbembel am ausgestreckten Arm halten. Rocko versteht sich auch mit Igor, Verchecker unter sich.

## BÖSER GEIST

Norbert diktiert und Tanja schreibt (auf die Tresentafel): »Texas hat ewiges Hausverbot für immer auch in Zukunft.« Das Hausverbot wiegt schwerer als das ganze Gernegroß, es ist so schwer wie Afghanistan.

»Wie schwer ist Afghanistan?« fragt Antje. Sie strapaziert das Kindchenschema. »Ich bin so froh, dass der Zungendrescher weg ist.«

Zungendrescher ist bestimmt kein Wort ihrer Generation, aber Antje hört auch vertonte Revolutionslyrik und sagt Kampfliederpop dazu. Fliegen umschwirrt, wehrt sie einen Angriff mit Schokowaffeln auf ihre Diätabsichten ab. Um ganz sicher zu gehen, kriegt Texas‘ böser Geist ein Extrahausverbot. Der böse Geist säuft trotzdem immer noch die Flaschen leer.

Wer ist eigentlich jetzt das Arschloch Nummer Eins, fragt mich eine dunkle Ahnung.

## ICH WOLLT, DIE WELT WÄR SCHNAPS

Nur mit Antje und Norbert wird der Feierabend öde und das Gernegroß zur Wartehalle. Da freut man sich über Mineke und ihren Bekannten. Tanja und Rocko spielen mit den Harten am kooperierten Stammtisch Mensch-ärgere-dich-nicht um Geld. Fehlt bloß noch, dass Tanja den Sinnlosen Shanties beibringt. Sie ist die Heldin aller Texasgegner, Rocko profitiert davon. Er ist zu klug, um sich mit Dumpingpreisen Igor zum Feind zu machen. Gestern zitierte er den Tambourmajor im Woyzeck mit den Worten »Ich wollt, die Welt wär Schnaps«, und ich musste mir das Zitat von Norbert erklären lassen.

## MIT DER BIERFLASCHE AUF DEM FAHRRAD

»Kann sich ein Mensch ändern?« fragt Antje. Sie hat so viele Fragen. Ja, Rosa Luxemburg ist auch in Frankfurt am Main aufgetreten, Siegfried Kracauer hat in der Sternstraße gewohnt und Goethes Mutter war eine geborene Textor. Angeblich trinkt Texas nicht mehr, aber dann wollen ihn wieder reihum Leute mit der Bierflasche auf dem Fahrrad gesehen haben, »der fährt mit Stützrädern«.

Demnach müsste Texas seinen ambulanten Status im Nordend aufgegeben haben.

»Der Schimmelfresser hat doch nie Bier getrunken«, stellt Norbert akkurat fest. Wer was trinkt, das ist wichtig. – Und Texas ist im Gernegroß ein Mann der Burgunderschorle (im Willibecher) gewesen.

»Die gibt es aber nicht alkoholfrei«, sagt Ibu, prekär

gut informiert, wenn es denn stimmt, dass Texas keinen Alkohol mehr trinkt.

»Der Mensch kann sich nicht ändern«, antwortet Norbert verspätet auf Antjes Frage. Soll heißen, Texas säuft weiter. Sein Untergang ist erwiesen und nur eine Frage von Tagen. Mann, einer, der sich so verarschen lässt, so ein Gefühlspinsel, der kann doch nur stier gehen. Der müsste schon längst stier gegangen sein. Ich sag nur »Made in Brasilia«. Sollte das nicht richtig »Made in Brasil« heißen?

Mineke ist davon abgekommen, Texas gut zu finden. Ihr Bekannter versucht mit Norbert von Großkotz zu Großkotz ins Gespräch zu kommen, mir scheint, alles Gute findet sonstwo statt.

»Kannst du mich nicht mehr leiden?« fragt Antje bedürftig. An sich ist Britta für Antjes Bedürftigkeit zuständig, aber Britta hat das Privatleben neu entdeckt, seit Tanja von Rocko eingenommen wird.

## NICHTS ALS GENUSS

»Nichts als Genuss« strebt Rocko an. Wie D'Artagnan in Paris einst, hat sich Rocko in Frankfurt mit Verabredungen zum Duell bekannt gemacht. Nie lassen will er von Wein und Degen und ferner der hesslichen Kastraten Geseiere sein Gehör niemals schenken. Da ist ihm Wolfgang Petri lieber.

»Das ist von Jimmy Webb, ihr Iesenbahnpah-lenopundaaldreiher«, sagt er, während »The Highwayman« läuft, als sei Rocko ein anderer Texas.

»Hau die Hacken in‘n Teer«, rät er mir, und ich weiß erstmal nicht, was er meint. Zum Trinken fällt ihm eine Menge ein: »Prost, nu geiht dat supen los. Wenn se all ehn häm, will ick uck ehn häm. Wenn se all keen moag, kann ick ok nix sägn.«

Dazu Tanja: »Nich lang snacken, Kopp inn‘ Nacken.«

Sie zu mir: »Hoffentlich sieht der noch genauso gut aus, wenn ich wieder nüchtern bin.« Tanja ist eine astreine Männerversteherin. Sie weiß, dass eine Frau sich nach dem Sex am besten zu einem Kasten Bier mausert und findet das sogar niedlich. Ja, Bumsen und besoffen sein, das ist des kleinen Mannes Sonnenschein.

## JEVERFUN

Jetzt ist es amtlich. Seine Tage verbringt Texas im Günthersburgpark vor dem Wasserhäuschen am Spielplatz. Da ist er auch, wenn es regnet. Ziemlich sicher ist es nicht nur ein Gerücht, dass er früh zu Bett geht. Anderenfalls würde man ihn in den Kneipen sehen, aber in den Kneipen sieht man ihn nicht.

»Wie das für den wohl ist: im Nordend zu sein, ohne im Gernegroß sein zu können?«

»Wo wohnt er?« frage ich Tanja.

Tanja hat keine Ahnung, wo Texas wohnt.

»Was macht der den ganzen Tag im Günthersburgpark?«

»Der lernt im Kiosk um auf Friseur.«

»Der lässt sich im Regen die Haare wachsen.«

»Der klaut den Tauben das Brot.«
»Der säuft den ganzen Tag Jeverfun.«

»Wie kann man nur Jeverfun trinken? Ich meine, schon Beck's Alkoholfrei ist schlimm. Ist 'Made in Brasilia'. Ist schwul.« (Social engineering ist es nicht.)

»Der trainiert im Günthersburgpark«, erklärt Toni, gebläht von ihrem Wissensvorsprung.
»Was trainiert der denn?«
»Ist doch schwul und egal, was dieses verarschte Stück Kotzscheiße im Günthersburgpark trainiert.«
»Ist doch Jeverfun.«
»Ist doch Made in Brasilia«.

## DER ALTE PINELLE

Der liebe Gott zeigt Toni mit einem Finger an: »Warum hast du den Flachwichser aufgenommen?«

Toni entgegnet annähernd mit Wilhelm Busch: »Die Mücke freut die warme Sonne in einer kühlen Regentonne.«

Somit wäre das auch geklärt, Texas wohnt bei Toni und trainiert Taekwondo und Wing Tsun, vielleicht in einer anderen Schreibweise.

»Wieso trainiert die Arschgeburt jetzt?« fragt Antje.

»Vermutlich, um mir anständig aufs Maul hauen zu können.«

»Der oder diedas muss doch nicht trainieren, um dir aufs Maul zu hauen.«

Und Tanja sagt: »Ihr kennt doch den alten Pinelle? Das Schwein spuckte mal in den Teich. Ein Haifisch kam drauf zugeschwommen, haha, das Fischlein verreckte sogleich.«

Antje: »Ist das Klo früher unter falschem Namen zur See gefahren?«

So schwirren wir alldieweil durch die Themen, während Rocko die ersten Hürden auf dem Weg zum Barchef nimmt. Mir wurde geraten, meine Tanjaschichten an ihn abzugeben. Wenn ich mal sehen will, wie sich ein Pascha bedienen lässt, gucke ich Rocko bei der Arbeit zu. Er hat in ffm schon viele Freunde gefunden, die nach zehn das Gernegroß bevölkern. Genug Kooperierte saufen bei uns unter Rockos Aufsicht und dazu macht Norbert kein bedenkliches Gesicht.

## VEREIN GEGEN DEMOKRATIE UND MENSCHENRECHTE

Der Verein gegen Demokratie und Menschenrechte konstituiert sich ohne Rücksicht auf das Bürgerliche Gesetzbuch. Für ihr Unternehmen finden die Gründungsmitglieder einen Platz am Bornheimer Hang passend. Man tagt im Freien. Man hätte sich auch als Verein der Wetterfesten zusammenschließen können. Bis Neunzehnhundertachtundneunzig war Texas ein großer Sprecher, der Kaffee kommen ließ, um ihn kalt werden zu lassen. In seinem BMW fühlte er sich wie ein Rockstar auf Tournee. Er rollte in Fußgängerzonen und parkte verboten. Er träumt nun davon, so gut wie Emin Boztepe zu werden.

Am Gründungstag taucht der Verein gegen Demokratie und Menschenrechte in Palomas Riverboat auf. Handstreichartig werden alle Sitzgelegenheiten mit Beschlag belegt. Die Mitglieder packen Getränke aus, bestellen etwas dazu, um ihr Bleiberecht zu sichern. Dem pompösen Vereinsnamen zum Hohn, dient die Assoziation keinem höheren Zweck als den Korea saufenden Nordenddefenders eine Allianz anbieten zu können. »Man muss in Leipzig gewesen sein, um zu wissen wie der Frankfurter Osten einmal aussehen wird«, behauptet Grete. Sie hat einen dekorativ verschnürten Jungen dabei. Eine Stricherpersönlichkeit, die sich nach der Decke besserer Verhältnisse streckt.

Bis neunzehnhundertneunundachtzig wurde im Ostend das Vokabular für aufgegebene Gebiete gepaukt.

Es ist immer noch weit weg. Die Verwandtschaft des kalabresischen Wirtes zeigt wenig Begeisterung für das Kolloquium. Die festen Italiener quatschen selbst gern und wollen es dabei bewenden lassen. Sie verbringen ganze Tage in Palomas Riverboat. Ihre Autos stehen davor auf dem Bordstein … nie zu Fuß, nie unbewaffnet. In einer Stadt voller zwielichtiger Koalitionen halten die Kalabresen auf verlorenem Posten aus.

Sie sind begabte Animateure, wahre Karnevalsfiguren. Texas hält sie für Nachfahren von Jahrmarktsbudenbesitzern. Ein Witz, zur Seite gesprochen: die N'drangheta-Kaschemme wird von Polizisten geschätzt. Gegenseitig bestätigen sie sich die Vermutung, da die beste Pizza in Frankfurt zu bekommen.

Texas entzieht sich dem gewittrigen Gespräch der Gegner von Demokratie und Menschenrechten. Er separiert sich an der Theke und sieht die Bildzeitung durch. Den Wirt schüttelt Husten. Er fährt mit der Hand über den Mund und greift in Teig. Er ist milder als seine Leute, die ihm auf eine untergründige Weise zusetzen. Ihre Puttenköpfe tauchen mit satyrhaften Triumphgrimassen hinter der Theke auf. Texas spürt das Verlangen nach einer vollständigen Mahlzeit. Wie vor die Tür gefegt, rumort der Verein plötzlich auf der Straße. Das Wetter fühlt sich an wie aufgeweichte Pappe. Selbst die Abgase scheinen aus den Rohren zu tropfen. Leute sind mit zugezogenen Gesichtern unterwegs. Auch die Gegend wirkt mürrisch, tatsächlich wie liegengelassen. Ein Geschwader aus Blättern kommt im Sinkflug vorbei. Man stürmt eine Fläche zwischen Häusern … Schotter, niedergerissene Zäune, in Gestrüpp verhakt.

Halbwüchsige Fußballspieler erschrecken vor dem Verein. Grete mäht einen Jungen nieder und bemächtigt sich des Balls. In einem anderen Leben hat sie Länder zu Fuß durchquert. Verdruss ist in ihr zu einem Gebirge aufgewachsen. Sie spielt Texas an, er gibt an ihren Lustknaben ab. Schon leidet das Interesse am Sport unter Atemnot. Man raucht auf dem Platz, kaum, dass man mitbekommt, wie sich die Jungen den Ball zurückholen. Das umgefallene Kind bleibt mit aufgeschlagenem Kopf liegen. Wie um zu prüfen, ob es noch lebt, tritt ihm Texas in die Seite. Ältere Jungen sickern in die Situation. Mit großen Körpern verbauen sie eine Linie. Sie sind gemacht für Taten. Lauter geborene Zimmermänner. Deutsche, wie man sie seit vierzig Jahren nicht mehr gesehen hat. Was sehen sie in den Träumern auf dem Platz? Nehmen sie mehr als die Witterung von Nachlässigkeit wahr? Sie geben die Formation auf, um den Schwächsten im Verein zu bedrängen. Auf ihn kommt es nicht an.

Grete betreibt den Rückzug als eiliges Geschäft. Texas sorgt für sich. Im Günthersburgpark trifft man sich wieder. In seiner Verirrung sieht Texas Pferde auf der Bahn.

Man überfällt einen Spielplatz, auf dem Familien ihr einfaches Lebensgefühl ausstellen. In dieser Konstellation ist der Verein gegen Demokratie und Menschenrechte eine beachtliche Größe. Texas wirkt wie der helle Wahnsinn. Die Asphaltcharismatikerin Grete lässt sich ohnehin nicht mit Geringschätzung ausschalten. Sie singt in der letzten ernstzunehmenden Frankfurter Punkformation.

Man wirft mit Flaschenabfall, trifft auch mal wen oder was, und gibt sich dabei so, als hätte man alles in allem miteinander zuviel zu schaffen, um für die Empörung der Mütter und Väter Aufmerksamkeit entwickeln zu können. Eine Frauenabordnung tritt gegen das Schild dieser vorgeblichen Selbstvergessenheit. Texas hadert mit den Frauen. Sie wollen nicht zurückweichen, zu deutlich stehen ihnen die eigenen Lebensleistungen vor Augen. Im Kampf um Respektabilität haben sie die Phase der Niederlagen noch nicht erreicht. Noch sind sie zum ersten Mal verheiratet.

Texas zieht sich aus dem Vereinsleben zurück. Die Frauen machen ihm ein Unbehagen, an dem das Senkblei der Erinnerung zieht. Er treibt in ewigem Mistwetter, der Bart nass von Gischt. Seine Existenz bleibt verhangen. Sein Glück sind die kameradschaftlichen Modelle in alten Sybille-Heften. Die DDR konnte ihre jungen Frauen nicht verderben, so wie das Design für Autos. Vor ihnen musste der Mangel anhalten. In Anlehnung an die Maserati-Erotik posierten sie vor Wartburgs. Wie verzaubert erschienen sie unter dem Berliner Fernsehturm. Jedes Modernitätszeichen war als Kulisse genutzt worden.

Texas sucht die Erschütterung in der Menge auf der Berger Straße. Seine Wahrnehmung gleicht einem Schüttelsieb. Die sanitären Anlagen im Mousonturm haben es ihm angetan. Den Haltevorrichtungen für das Klopapier sind Aschenbecher eingeprägt. Der Luxus warmen Wassers, polierter Spiegel. Texas wäscht andächtig seine Hände.

Die asseligen Jungens auf dem Merianplatz lässt er links liegen. Für Texas sind das Analphabeten, die Rambo für einen Dokumentarfilm halten. Texas trifft seine Entscheidungen im Nebel der Vermeidung.

Hoch fliegen die Stare oder was für Vögel auch immer den Luftraum über Frankfurt beanspruchen. Texas ist wieder so dünn, dass seine Schulterblätter die Haut am Rücken spannen.

Er steigert seine Ausdauer mit einsamen Übungen. Er notiert sein Pensum. Aus der Bibliothek an der Zeil leiht er Biografien von Zehnkämpfern. Texas studiert Kampfsportfibeln.

Er war nicht lange außer Form, bedenkt man es recht. Er kultiviert seine Anlagen in Erwartung einer schicksalhaften Begegnung. Das bespricht er mit fünfzigjährigen Punks, die sich vor Überfällen fürchten wie Greise in der Nacht.

## SCHWIMMER VON BERUF

Toni fragt Texas, wonach ihr zumute sein soll. Sie erinnert ihn an Antjes Angewohnheit, zu jedermann Papi zu sagen. Am Ende wird Toni nie in ihrem Leben einen Nachsendeantrag gestellt haben.

Der Nachteil von Softpacks liegt auf der Hand. Wie oft in letzter Zeit die Polizei in die Nachbarschaft gerufen werden musste und immer ging es um Ehestreitigkeiten. Toni rät zu Mahlzeiten »am Tisch der Dämonen« (1. Korinther soundsoviel.) Sie legt dem Freunde die Frage vor: Wie verhält sich Gott zu den Katten? Gemeinsam widmen sie sich Lützows verwegener Jagd: »Es legt sich in nächtlichen Hinterhalt,/ Das Hurra jauchzt, und die Büchse knallt,/Es fallen die fränkischen Schergen«.

Texas träumt von einer Eleonore Prochaska als Spießgesellin. Die Waschmaschinentrommeln rühren sich weltweit, Texas schmeckt löslicher Kaffee wie frisch gemahlen. Er reißt Bretter von den Dielen in Tonis Küche und fährt das Altholz ab. Er schleift die Dielen, Atemschutz ist nichts für ihn. Einen bereits abgeschriebenen Rasenmäher bringt Texas wieder zum Laufen.

Texas behält die totale Kontrolle über seine Beine bei Kopfsprüngen. Das Kaltduschen schafft er für sich ab. Zu einem Bademeistergesicht fällt ihm etwas Hundsgemeines ein. Das schreibt er Norbert zu. Im Enkheimer Freibad könnte sich Texas als Witwentröster etablieren, auch wenn die Chefarztmänner noch gar nicht tot sind. Jetzt entscheidet er, wer gerade am Fürchterlichsten nicht richtig schwimmen kann. Einschüsse von Hass stecken in seiner Verachtung für »diese Nichtschwimmer«. Seine tiefste Wahrheit lautet: Es kann dir im Leben nichts gelingen, wenn du nicht richtig schwimmen kannst. Dies als Beleidigung: »Sie haben sich das Kraulen wohl selbst beigebracht.«

Die Überlaufrinnen schon im Sommer voll herbstlichen Abfalls.

Texas sieht nach dem Wetter. Es ist noch da. Jemand hat auf dem Weg zu den Garagen eine Schnecke zertreten. Texas weist das wirbellose Aas zurecht von den Platten, die er mit Tonis Vater vor einem Vierteljahrhundert ausgelegt hat. Er vernimmt Scheisshausgeräusche aus dem ersten Stock.

Zuzeiten legt sich Texas Nebel behelligend auf die Brust. Zuviel Kaffee wahrscheinlich, denkt Texas dann. Er ist immer so früh auf den Beinen und immer ist es viel zu kalt für die Jahreszeit.

Auf Mülltrennung wird geachtet. In einer Garage steht ein Audi 100 C2 als gepflegtes Erbstück. Die andere Garage steht voll mit Kühltruhen und Kram. Es kommt soviel auf Toni und soviele sind schon tot und zu Grütze geworden. Was soll das Sinnieren? Texas spürt seine Knie. Heute Nacht mal wieder tief und fest. Daher vielleicht die Lust auf Fleisch zum Frühstück.

Texas holt sein Fahrrad aus der Audigarage, der Tag verspricht allerhand. Ihn bloß nicht vor dem Abend loben. Am besten überhaupt nicht loben. Texas ist auch nie gelobt worden. Das Höchste der Gefühle:

kann man nicht meckern. (So der Vater, als Texas zum ersten Mal Deutscher Meister wurde. Im nächsten Jahr war das schon eine Selbstverständlichkeit und keiner Rede wert. Bloß kein Aufhebens wegen nichts, es sei denn, es geht um falsch gebackenen Pflaumenkuchen und dann noch, quel malheur, keine Sahne im Haus.) Texas streift Holunderbeeren ab zum ungewaschenen Verzehr. Die mütterliche Angst einer Verwechslung mit Vogelbeeren als Erinnerung. Holunderbeeren haben zuviel Vitamin C. Zuviel Vitamin C scheidet der Körper wieder aus. Ist demnach eine Verschwendung. Ibu hebt die Hand en passant. Erstmal ignorieren. Zum Grüßen ist schließlich auch noch nicht aller Tage Abend.

Die Busse der Verkehrsgesellschaft werden immer beachtlicher mit dem technischen Fortschritt, der weitergeht als gäbe es kein Morgen, und den Designneuerungen. Die mausige Frau Meise meldet ihren Fatalismus auf einem unmittelbar nachbarschaftlichen Gang zu ihren Mülltonnen mit der Bemerkung: »Wir können sowieso nichts dran drehen.«

Den Mann verloren, der Sohn aus dem Haus. Immer gearbeitet, auch Einkaufswagen notfalls zusammengeschoben, weil das Geld nicht reichte. Eine traurige Erscheinung, aber nichts für ungut. Wie gesagt, tief und fest und deshalb nun wohlauf. Der Penis des Dinosaurus Rex soll im Durchschnitt einsachtzig lang gewesen sein. Es wäre immerhin möglich, dass die männlichen Tiere von der Evolution zur Brutpflege bestimmt waren. Möglich, aber nicht wahrscheinlich, schätzt Texas.

Ein leichter Herzschmerz, bloß ein Seitenstechen. Schon seit Tagen. Sich auf jeden Fall deswegen keine Gedanken machen. Vor Tonis Elternhaus rumort die Müllabfuhr. Früher kam die Müllabfuhr früher. Nicht allen Nachbarn ist es recht, wenn man sie grüßt. Texas denkt über das Wort rücksichtslos nach, in Kombination mit angebracht. Was sich die Puffmutter Evolution bei den Begattungsmodalitäten bloß gedacht hat? Sich betrunken, eher noch hackedicht was ausgeknobelt mit dem Heiligen Geist.

Texas lebt mit seinen Toten, der toten Tochter, dem toten Bruder, den toten Eltern und Feinden. Lauter Verunglückte vornehmlich. Das Mädchen von Texas' Samen wurde auf der Weberstraße mit weit überhöhter Geschwindigkeit erfasst von einem Skoda. Die Bremsspur zog sich wie ein Kondensstreifen hin zu Wolkenbruch, Glasniederschlag und einem Horizont aus Alpträumen. Der Bruder starb auf dem Weg zu einer Geliebten in seinem Porscheferrari und hinterließ seiner Frau einen dermaßen fantasmagorisch-marode verrotteten Betrieb, das nur noch abgewickelt werden und eine erschreckende Schuldsumme festgestellt werden konnte. Der kreidebleiche Zusammenbruch der Schwägerin war Texas wie ein Ausrufezeichen hinter dem Falsch erschienen, mit dem das brüderliche Gehabe auf den leidigsten Punkt leider gebracht werden musste. Grundsätzlich großspurig war der Bruder gewesen. Immer auf der Überholspur ohne vorwärts zu kommen. Er hatte die Großspurigkeit vom Vater gehabt, dem alten Schlawiner mit weit mehr Fortune, dem Bootsführerschein und den Durchstechereien.

Von denen noch meistens die Rede ist, wenn Ringer im Taunus ganz in Ruhe unter sich sind. Egal auf welcher Schule und in welchem Verein dazumal gewesen und immer noch irgendwie als Alte Herren und Infantriekameradschaft mit von der Partie. Ach was, denkt Texas. Die Eltern sind bei einem Cessnaabsturz in den Kordilleren umgekommen, angeblich hatte der Pilot überhaupt keine Ausbildung genossen und keine Berechtigung besessen, oder das Flugzeug war katastrophal gewartet gewesen, irgendwo im hintersten Peru bei den allerletzten Inkas und gewissermaßen auch Tutanchamuns. Die Kulturen hingen ja transkontinental zusammen und sind ineinander übergegangen auf Papyrusfloßen und Heyderdahl'schen Thoren.

»Was weiß ich denn«, sagt Texas. Der Mitteilungsgehalt dieser Aussage ist gar nicht so dürftig, er entäußert sich subkutan im Silbenklang. Im letzten Jahr waren die Äpfel allgemein zu süß, wer hat das nochmal gleichfalls? Texas könnte sich, rein vom Bedürfnis her, schon wieder die Zähne putzen. Von vorhin noch Reste in den Abständen. Von Spucke eingesuppt. Stark störend, wenn man daran denkt. Wenigstens noch alle Zähne, anders als Norbert. Erst gestern morgen an ihn gedacht und am Nachmittag dann so gut wie leibhaftig.

Unerfüllte Erwartungen soweit das Auge reicht. Deshalb soll aber auf keinen Fall das Kind mit dem Bade. Das wäre nämlich Quatsch. Es hat jeder kerzengrade sein eigenes Leben mit den Hobbys. Nehmen wir den Ex-SEKler zum Beispiel. Der geht mit seinem

Hut spazieren, wenn er nicht im Kosovo Polizisten ausbildet, für neunzigtausend Euro pro Quartal. Angeschossen seinerzeit in Honduras, zwei Meter lang und leicht zu treffen wegen seiner Größe, deshalb auch The Rock genannt und jederzeit koksbereit in brodelnden Nächten. Warum auch nicht?

Im Grunde wünscht Texas nur Folgendes. An der Fleischtheke des Lebens möchte er anständig bedient werden und nicht anstehen müssen, so wie die Doofen, die keinen Plan haben. Die es aber auch geben muss und zwar unbedingt geben muss. Richtig wichtig sind die Doofen, da muss man geistig erst einmal anlanden, dass man das kapiert.

Es gibt auch ein zuviel des Guten. Was es alles nicht mehr gibt. Gestern die Metzgereifachverkäuferin war auch in der Anstalt gewesen, Grund genug, sich sofort zu duzen und groß was bezahlt für die Wurst hat Texas auch nicht. Komisch, dass er nie zuvor oder vorher. Also, eine Wurstfachverkäuferin mit Abitur ist natürlich die Tochter des Chefs und kann sich nicht beklagen. Bei wem auch?

Aus keinem was geworden, denkt Texas. Viele vor dem Bund nach Berlin ausgekniffen. Einer hat Selbstmord begangen, das war noch der Vernünftigste. Einer bespricht vergriffene Bücher, mittlerweile wieder in Frankfurt. Einer manipuliert erwerbsmäßig Automaten, abgeschirmt von den Russen, und deshalb noch im Geschäft. Ein Typ, der schon mit achtzehn aussah wie Theo Lingen mit achtzig.

Die Anwälte, Ärzte und Lehrer seines Jahrgangs sind Texas egal. Er war noch nie auf einem Klassentreffen. Hat er nicht nötig.

Weiß überhaupt noch jemand, was ein Telegramm ist?

Toni hat ihre beste Heckenschere verlegt, sie korrekt und dreckfrei zurückgekriegt und falsch weggeräumt. Gut möglich, dass gleich Britta aufkreuzt. Volker Bouffier löst auf jeden Fall Roland Koch ab.

Vor zehn Jahren eben noch fünfunddreißig gewesen und jetzt schon so alt. Gegen die Inflation hilft die Bank of Scotland mit zwokommafünf Prozent. Handelsvertreter ist auch nicht mehr das, was zu den besten Zeiten eines Onkels noch ungeheuer lukrativ gewesen – und zum ersten Mercedes in der Reichelsheimer Straße mit ihren Problemfamilien geführt hat. Das war ein großer Mercedes und nicht gebraucht erstanden. Geleast gabs sowieso schon mal noch gar nicht. Aber durchaus bereits automatische Fensterheber und Getriebe wie in einer filmischen Entrückung vom dahingleitenden Fahren. Die Tante als formidable Drückerin bei Avon und später in der Tupperwarebranche. Onkel und Tante sind leider nicht mehr zahlungsfähig, wegen falsch kalkulierter Lebensversicherungen und zu geringen Einzahlungen in die Rentenkasse.

Bouffier klingt hugenottisch-ausgebufft. Zum Abendbrot verspricht Toni zum Ausgleich für Britta Bratwurst aus der Landmetzgerei Sinning. Mit einem Sinningsohn war Texas angeln. Das Sinningsche Anwesen wie durch ein Wunder unversehrt geblieben, stehengeblieben in der zerschlagenen Altstadt als Labyrinth und Kinderparadies und Schreckenskammer mit Vorhöllencharakter bis man an tierische Leichen in der Gestalt von Rinderhälften komplett sich gewöhnt hatte. Nicht jeder durfte, aber Texas kam aus dem richtigen Stall. Unangemeldete Schusswaffen im Haus, auch der befreundete Nachwuchs wurde herangezogen zur Geheimnisträgerei und auf die Probe gestellt vom militanten Großvater, der fand, dass man den Krieg im Osten besser gewonnen hätte mit schlauem Separatfrieden. Für den Führer nur Verachtung und so auch für den Filius. Über das Heilige Vaterland ging aber nix. Leider dafür nicht den Tod süß gefunden. Solche gedanklichen Nußschleifen ergeben sich allein aus der Erwähnung der Landmetzgerei Sinning, die immer schon in der Stadt stationiert. Sogar mainnah.

Texas kehrt noch mal in die autofreie Kramgarage ein, zu den entspannten Bögen. Damit im Taunus durchaus auf Wild so wie mit der Armbrust und immer gewusst, wo der Förster und die Jäger. Sich stundenlang ruhig verhalten, mit dem Erdgeruch in der Nase, die Bizarrien der Natur studiert. Vom Blitz getroffene Bäume. Sturmschäden. Zernagte Sprösslinge. Haare an geknickten Ästen. Abgewetztes Moos. Sorgsam verwahrt ist die Mannlicher Büchse, die Texas mit fünfzehn einem Förster aus dem Auto. Die bei Gelegenheit erstandene Munition beizeiten untergebracht in einem Bundeswehrrucksack.

Essen gleich soweit, ein vorzeitlich-steinaltes Radio funktioniert noch klangecht samt Musiktruhe mit den Kurzspielplatten der Caprifischerära. Man müsste die Sinnings aus ihrer Festung herauskaufen und sich selbst darin verschanzen und erstmal den Bestand durchsehen und abstauben.

Texas riecht Bratwurst, er schaltet den Fernseher ein, um der Abendunterhaltung die richtige Richtung zu geben. Die Frauen wollen sich über ihn unterhalten. Zum Trotz bleibt Texas bei einem italienischen C-Streifen hängen. Ein Südstaatenoberst will die Niederlage der Konföderierten nicht wahrhaben und kämpft weiter auf eigene Faust mit seinen Söhnen und einem Saloonmädchen als Armee. Das Mädchen muss sich zum Baden in Tennessee ausziehen. Tennessee ist ein Wort indianischen Ursprungs, so wie Mississippi. Elvis Presley soll zum Schluß auch nur noch zugeguckt haben, vielleicht sogar dem Karatelehrer bei seinen Lehrgängen auf Precilla, die blutjung bei der Eheschließung.

Toni serviert Staubblütentee aus dem Bioverarschemarkt. Sie ist nicht mehr nüchtern. Die offene Trinkkultur hat sie für einen Abend abgeschafft und ersetzt mit Gesundheitsverlogenheiten, die von Sherry und Wein bis zur Bodenlosigkeit getränkt sind. Woran rührt dieses Bedürfnis, es sich schwer zu machen?

Texas schmeckt der Staubblütentee seit er keinen Alkohol mehr anrührt, nicht zuletzt zur Rettung der Morgenlatte, die aber auch nicht mehr. Ständig muss er an Sex denken, bloß die Lust steht merkwürdig auf einem anderen Blatt. Texas schaltet um, Hauptsache, die Fernbedienung bleibt fest in seiner Hand. Das Trio lagert in einem Sechzigerjahredepot. Das Sofa war damals das Teuerste. Heute würde keiner mehr für geschenkt das Sofa und die Sessel abholen. Um diese Zeit auch immer Sarottischokolade.

Texas beißt auf die Zunge. Das Abendbrot noch zwischen den Zähnen und auf der Nase die falsche Brille. Das erst gerade bemerkt.

Im Fernseher Experten, die nichts wissen von ihrer Ahnungslosigkeit. Die Mutter trocknete Wäsche manchmal auch im Wohnzimmer. Den Vater konnte noch nicht einmal ein Spiegelei. Die Verfassung der Elternehe erschien Texas gut. Man stritt nicht vor den Kindern. Verständigung mit Codebegriffen und Schlüsselwörtern. Konspiratives Gebaren bei gleichzeitig totaler Verbannung von Sex aus dem offiziellen Privatleben mit Familie und den allzeit gierigen Nächsten und niedrigen Verwandten. Die Hefte und Pornokugelschreiber des Vaters entdeckte Texas nach dessen Ableben an Plätzen in der Wohnung, die der Mutter keineswegs versperrt waren. Da war ein Einverständnis postum zu vermuten, mit dem dieser Sohn nicht gerechnet hatte. (Die Mutter fand ihr Haushaltungsgeld samstags nach dem Mittagessen auf der zurechtgestrichenen Tagesdecke des Ehebetts.)

Texas hält es vor dem Fernseher nicht mehr aus, es zieht ihn zu den Garagen und zu seinen Schätzen, geschützt von den Korallen fremden Plunders und bloßer Anhäufungen. Unterwegs trifft er Tonis Schwager in seinem grünen Blaumann. Angenehme Abwechslung. Der Schwager kommt an keinem Zeugen Jehova vorbei, ohne sich in ein Gespräch ziehen zu lassen. Diese Hartnäckigkeit. Überall Ayurveda, jetzt auch auf dem Oeder Weg.

Notfalls musst du über die eigene Leiche gehen. Die Männer schlendern zu dem Hänger mit Holz und den alten Fensterrahmen, die vor vier Jahren bereits ihrem energiesparenden Ersatz weichen mussten. Gleich morgen früh endlich zeitig das Zeug abfahren. Bereden, was außerdem ansteht. Auch Rückenschmerzen finden Erwähnung. Der Schwager greift zu einer Bierflasche. Der Kronkorken wird mit dem Flammenwerfer vom Hals gezogen. Dafür kommt kein anderes Ding in Betracht, außer vielleicht einer Zange wegen der Disproportionalität.

Vielleicht, wenn Faust es mit einem Handwerk versucht hätte.

Der Sarrazin ist dem Vernehmen nach selbst Jude oder Araber.

Roberto Blanco lässt sich scheiden.

Der Wachtturm wird in hundertzweiundachtzig Sprachen verbreitet und erscheint regelmäßig seit 1879 auch auf Seychellen-Kreolisch.

Weißt du noch, als Draußenrauchen schlimmer als Negerdiskriminierung war?

## INTERESSANT MIT ERFINDUNGEN

Norbert ehrt mich mit einem Vortrag. Er spricht mir Mut zu. Ich fühle mich wie ein Schuhputzjunge auf dem Sessel des Weltbankpräsidenten.

Norbert liest aus der Zeitung vor, um mir die Lage klarzumachen. Er rät zu ausgewogener Ernährung und psychologischer Beratung. Immer wieder fasst er mich scharf ins Auge.

Mein Hemd klebt am Rücken, ohne Hemd würde ich mich wohler fühlen. Diese Empfindung ist mir neu.

Ich wünsche mir ein Kälteerlebnis.

Die Psychologin heißt Renate. Vermutlich hat sie ihre Ausbildung im Reformhaus gemacht. Sie trägt eine Winnetouperücke. In ihrer Jugend gehörte Renate einem militanten Block an. Sie sagt: »Deinen Vater habe ich gut gekannt.«

Wer nicht? Mit Erfindungen mache ich mich interessant. Ich erzähle von einem Madonnakonzert im Madison Square Garden. Ich schreibe die Titel von Liedern auf, die mir etwas bedeuten.

## ZWANGSLOSER ZWANGSCHARAKTER

Von einer Frau in der Nachbarschaft meiner Kindheit hieß es, sie habe sich schon für Geld mit Männern eingelassen. Die Frau war verheiratet und ging ihrem Beruf als Friseurin nach. Man sagte noch Friseuse. Sie hatte einen Sohn in meinem Alter, der viel gehänselt wurde. Er sitzt nun im Bundestag. Natürlich ist Norbert mit ihm befreundet. In der Reblausschänke hat er ihm das Versprechen abgenommen, sich für das Gernegroß im großen Stil einzusetzen.

»Wenn so ein Zwangscharakter zwanglos wird«, sagt Norbert.

»Seine Mutter war eine Nutte«, sage ich in der lehmziegeligen Hoffnung, meinen Mentor zu überraschen.

»Das zu wissen, wird vorausgesetzt«, erklärt Norbert. Wir reden über Heuschnupfen. Aus Pollenflug wird Polenfeldzug und plötzlich sind wir in den Ardennen und bei der Kettensäge, mit der Norbert früher durchs Nordend gelaufen ist, damals, als vom Räuber Hotzenplotz noch Wegegeld erhoben wurde. Die Kettensäge könnte auch ein Bolzenschußgerät gewesen sein.

## NO COUNTRY FOR OLD MEN

Unmerklich gerät die Welt aus den Fugen, es sind der Absprachen einfach zu viele. Zuviele sind es, die sich am Elend eines Einzelnen ergötzen und Wert darauf legen, im Gernegroß ins Vertrauen gezogen zu werden. Nun hat sich Tanja nie auf meinen Schoß gesetzt, die schiere Einbildung lieferte den Schub, der Texas vor die Tür seines geringwertigen Lebens beförderte. Genug Gernecrossies möchten für ihr Leben gern einen Meineid schwören.

»Warum stirbt das Kackfass nicht einfach?« fragt Antje.

»Warum ist der Strohhalmtrinker nicht schon tot?« fragt Britta. Sowas wird sie bei Toni nicht von sich gegeben haben. Britta fordert eine Herabsetzung der gesetzlichen Ablebungsgrenze und empfiehlt Selbstmord als ideale Altersvorsorge.

»Was will der Inuit noch in unserem schönen Viertel?« heiligt Rocko den Schein. Dem Hessen gehört bis zu seiner Hinrichtung heimgeleuchtet und zwar drastisch. Für Rocko ist das Gernegroß eine Suppenküche, in der Alkohol ausgelöffelt wird. Er trägt einen Schnuller am Band und läutet zu jeder vollen Minute mit der Bewirtungsglocke aus dem Kiosk im Günthersburgpark. Die Glocke hat er geklaut.

»Ich habe zu dem Greis gesagt, da war doch nichts. Das hast du dir alles eingebildet, hab ich gesagt«, sagt Antje stolz in ihrem Ramones-T-Shirt. »Kaum zu glauben, dass diese Arschwehe so alt ist wie mein Vater.«

## KOLORIT MIT KOKOTTE

Auf der Bühne steht eine Bude, in der allenfalls der Horror günstiger Fernreisen heimisch werden könnte. In der Verfolgung erster Andeutungen von Handlung gelangt das Publikum nach Asien. Das Stück ist aus dem Nachlass meines Vaters, ich erinnere mich an den Urlaub, der das Kolorit mit Kokotte lieferte.

Meine Eltern lebten schon getrennt, und ich war nicht mehr jung genug, um nicht zu kapieren, was zwischen meinem Vater und unserer bombigen Begleitung am Big Buddha Beach abging. Der Strand glitzerte wie ein Preziosensammlung und die Schnallen an der Bekleidung der Begleitung platzten in der Botanik. Da war einfach zuviel Fleisch, ein Fleischbeben, das meinen Vater unter sich begrub.

In Thailand gibt es keine Sommerzeit und jetzt haben wir die Schafskälte. Mein Vater hat eine Rolle im Häuserkampf gespielt. Er war mit vielen Leuten gut bekannt, die aus der Revolte bürgerliche Gewinne mitgenommen haben. Ich ertappte ihn dabei, wie er sich in einer Lederjacke zu Musik vor dem Flurspiegel drehte. Von seiner Jaguar-Phase war eine Radkappe übrig geblieben. Sie hing neben dem Spiegel im Flur. So wie eine gerahmte Autogrammkarte von Jürgen Grabowski und eine Aktaufnahme, die in den neunzehnhundertsiebziger Jahren aus einer Konkret gerissen worden war.

Auf der Straße traf man ihn nur im Anzug. Er erschien als Mann des auswärtigen Frühstücks. Regelmäßig verfügte er sich zu Mutter Ernst. Dort begann sein Zug durch zehn Lokale. Die klapperte er zuverlässig ab. Seine Wirte konnten ihre Uhren nach ihm stellen. Schon als Dreizehnjähriger kam ich nach ihm heim, um ihn mit blankem Arsch auf einem Möbel zu finden, die Krawatte immer noch am Hals, die Hosen an den Kniekehlen. Beim Wichsen gescheitert. Überall Licht, die Küche verwüstet.

Lange kannte ich meinen Vater entweder verkatert oder betrunken oder in einem Zustand dazwischen.

Er neigte zu rätselhaftem Verhalten und Behauptungen. Er meinte, mit seinen Eltern auf den Knien zur Welt gekommen zu sein. Das waren vorderhand prächtige Leute, verwurzelt in einem Milieu wohlhabender Handwerker, Händler und Wirte. In dieser Umgebung besaß man Häuser und Grundstücke schon in der zweiten und dritten Generation. Man führte Geschäfte des alltäglichen Bedarfs, Eisenwarenhandlungen, Fischläden mit Filialen in zentralen Stadtteilen, ausgezeichnete Konditoreien, Metzgereien, hundert Jahre alte Gaststätten und Schreinereien, die schon zig Mal vom Vater an einen Sohn weitergegeben worden waren. Man lebte in gehörigem Abstand zu allem Intellektuellen; mit einer angeborenen Verachtung für die Anwälte, Lehrer und Professoren, die ihre Nachbetrachtungen der Studentenunruhen als Meinungsfürsten im Nordend anstellten. Der eigene Nachwuchs mochte im Bankwesen und Immobilienhandel Fuß gefasst haben. Er blieb doch gebunden an die prosaischen Regeln und üppigen Ressentiments der Altvorderen, diesen reichen Kleinbürgern. Mein Vater begehrte auf. Er scheiterte gründlich. Er fiel als Schauspieler und Kommunalpolitiker durch. Mit einer Weinhandlung im Großen Hirschgraben ging er Pleite.

Seine Art sich zu verstellen, wurde für mich zu einer Möglichkeit. Wenn mir danach war, verkleidete ich mich jeden Tag anders. Ich dachte mir das Ankunftsspiel aus. Es begann am Gleis neun auf dem Hauptbahnhof. In der Menge verwandelte ich mich in einen Reisenden. Ich sah mich um wie zur Orientierung. Wie ein Wartender schlug ich Magazine auf, eine Tasche zwischen den Beinen. Ich trank einen Kaffee so, als hätte ich dafür gerade noch genug Zeit. Ich warf Blicke auf den Vorplatz, wie um ein Bild von fremden Verhältnissen einzufangen. Ich verschattete mein Interesse am Betrieb der Drogenkranken.

Mit meinem Vater veranstaltete ich Dialektwettbewerbe. Durch uns nahm die Frankfurter Folklore einen Weg ins kostümierte Nichts. Die Leute krochen unserem Hessisch auf den Leim. Sie fielen herein auf das Schoppengeschwätz, die angereicherten Schenkimitationen. – Auf all die Geräusche volkstümlicher Zugehörigkeit. Die Freundlichkeit der Wirte, denen mein Vater sich angenehm gemacht hatte, wirkte sich auch auf mich aus.

Ich merkte mir einen Text aus lauter Anspielungen auf vertiefte Kenntnisse. Mein Vater nannte ein Lokal nicht bei dem Namen, unter dem es im Branchenverzeichnis geführt wurde. Er rief den Namen des Wirts auf.

Er kannte die alten und neuen Namen sämtlicher Brücken, die in Frankfurt über den Main führen. Die ursprüngliche, im Krieg versehrte Topografie lag wie eine Folie unter seinen Betrachtungen. Geläufig waren ihm die Bedeutungen von Wörtern wie Steuber und Schirn. Mir erklärte er eine Lebensart in ihren Feinheiten.

Immer mal wieder wartete eine Frau so lang auf ihn, bis sie schließlich nicht ein Minute länger Zeit für ihn hatte.

## NORDENDLICHE GELENKIGKEIT

Nun ist Mike der Mann, mit dem Norbert zu tun hat, wenn es um die Kooperative geht. Er sitzt bei uns und reizt sein Blatt aus. Ich soll Zigaretten für ihn ziehen, so sieht er mich. Ich darf mich weigern, dass gibt Mike die Gelegenheit, abschätzig sein Reservepäckchen zu zücken. Das versteht so ein Mike unter Gelenkigkeit.

Tanja und Rocko sind schon abgerückt. Mit unseren Redensarten versuche ich Norbert für mich einzunehmen, aber besser wäre gewiss, für die Miete auch zu wohnen. Der Plastikkasten für die Wurst ist schon lange nicht mehr ausgewischt worden, die Handtücher sind ein Knäuel im Stauraum unter dem Tiefbecken. Im Stauraum liegen Schamhaare. Das hingerichtete Heidemariebuch leistet dem Knäuel und den Haaren Gesellschaft. Rocko hat »Schönheit vergeiht, Hektar besteiht!!!!!« unter eine Anweisung ins Tresenbuch geschrieben. Für jedes Wort ein Ausrufezeichen und eins noch für das Komma. Ich kenne eine Variante dieser Bauernschlaumichelei: »Schön brockt man nicht in die Schüssel«.

»Mach die Musik leiser«, befiehlt Mike.

## JETZT HAST DU VORN ZWEI FREUNDE

Es ist halbsieben, ich muss Apfelwein aus dem Keller der Kooperative holen. Ich schiebe den Gang auf, Toni könnte auch laufen. Schon länger kommt sie mir nicht mehr als fleischige Wohltat entgegen. Sie hat Texas einen Logenplatz mit bester Aussicht auf das Gernegroß verschafft. Ich fühle mich nicht mehr wohl im Garten.

Die kleine Sau, denke ich, buchstabiert das Nordend mit ihrem Alphabet der Eigentümer. Die setzt den Mann ein als Stachel in meinem Fleisch. Kultivierte Frankfurterinnen haben mitunter ein besonderes Verhältnis zu Texas. Solche schreiben ins Tresenbuch:

I wandered lonely as a cloud
That floats on high o‘er vales and hills,
When all at once I saw a crowd,
A host, of golden daffodils;
Beside the lake, beneath the trees,
Fluttering and dancing in the breeze.

Solche kennen sich, so wie sich Toni und die Ex-Ex von Texas kennen.

»Das ist Regina«, sagt Toni.

»Ich habe von dir gehört«, sage ich.

Das ist schon zuviel des Unangebrachten. Norbert bemüht sich, Regina schlägt ihn mit Gleichgültigkeit, das sieht man nicht oft.

Regina wird bestimmt nicht in der Turnhose häuslich. Wie sie sich umschaut, als wollte sie ratlos in Erfahrung bringen, was Texas entbehrt. Schlagartig wird mir klar, wo Tanjas Hass herkommt.

»Können wir dir was zu trinken anbieten?« fragt Norbert.

Ich verziehe mich mit der Stütze in den Keller zu der Rattenscheiße und den verpilzten Kunststofftanks und als ich aus der kalten Unterwelt wieder auftauche, steht Texas enorm mager und so graukrausig wie Rainer Langhans neben dem Fürst der Finsternis am Buffet und sagt einfach: »Jetzt hast du vorn zwei Freunde.«

Aus der Perspektive unserer Parallelgesellschaft liegt die Gaststätte aber hinten.

## HÖHERE GEWALT

»Wie konnte das geschehen?« fragt Tanja.

Auf dem Tresen verwaist Rockos Schnuller Ich erwäge, geschlossene Schuhe für das Personal anzuordnen.

»Höhere Gewalt. Der harte Mike hat das veranlasst.«

Ich probiere den neuen Birnenschnaps und schwemme eine Tasse mit heißem Wasser aus, für einen Espresso zum Nachspülen. Zum Glück muss ich mit Tanja keine Gespräche über Crema führen. Sie hat so viele Ungebundenheitsbehauptungen aufgestellt, mir ist schon klar, dass Tanja für keine den Beweis antreten wird.

In der Hitze knallt der Schnaps direkt. Tanja lehnt sich an, sie ist besorgt. Sie hat mich in die Scheiße geritten, mit ihrer Art zwischen unbekümmert und vertrackt. Texas soll sie geraten haben, nach Berlin zu gehen. Die Szene stelle ich mir kolossal vor: Wie Tanja zu einem der letzten Hessen in Deutschland sagt: »Was willst du noch im Nordend?«

Die Würstchen schwitzen in der Kühlung. Antje möchte ihren Apfelsaft mit Zitrone. Norbert erklärt Apfelschnaps zum Hausmittel gegen die Sommergrippe. »Zwei unter Millionen« ist von Victor Vicas, wer wollte das nochmal wissen? Norbert war jedenfalls immer schon klar, dass Texas zurückkehren würde. Texas steht daraufhin mit einem Tablett als Alibi am Gernegroßtresen und sagt: »Ich weiß gar nicht mehr wie sich das anfühlt, verkatert zu sein.«

»Wie schön für dich«, antwortet Antje giftig. Anscheinend nimmt sie Texas' Harmlosigkeitsperformance für bare Münze.

»Dem ist das Tablett schon an die Hand gewachsen«, sagt sie, wie gewöhnlich über seinen Kopf hinweg.

Texas verschiebt ein paar Sachen, nach Maßgabe seiner Ordnung, und Tanja schiebt die Sachen wieder zurück.

»Warum muss das sein?« fragt sie. Schließlich könnte Texas auch anderswo steinalt und senil werden. Ich habe Tanja aber schon rüder erlebt.

## COME AND TAKE IT

On October 1, 1835, Captain Francisco Castaneda arrived from San Antonio with something less than two hundred men. Ugartechea intended a show of force. Castaneda, blocked by the Guadalupe, demanded the ferry be restored, and the cannon handed over. There was some parleying, a demonstration by the Mexican cavalry near the town, and considerable yelling and taunting by the Texans, who dared the Mexicans to »come and take it!« echoing the words emblazoned on their newly created flag flying in the breeze.

## DER VERARSCHTE JESUS

Texas lässt nichts Nachtragendes Geltung kriegen, er verrätselt sich ins riesenhaft Nachsichtige. Dies als Farce natürlich, zumindest vermutlich. Aber auch die Farce ist effektiv, suggeriert sie zumindest vitalen Wahnsinn. Es gibt schon Leute, die zu Texas Jesus sagen. Dieser Jesus holt jederzeit gern Kippen für Chefs und Zucker und Teebeutel und Schokocrossies und Schmalzbrote und Spreewaldgurken aus Oberhessen für den hysterischen Rest. »Der muss sich bewegen, der hat Überaktivität.«

Wie nach einer Gipfelbesteigung auf Knien schafft sich Texas auf den Flügel im Gernegroß. Eine letzte Tat könnte eben so stattfinden. Texas spielt Ray Charles auf der Suche nach den Tasten und singt dazu Monty Pythons »I like Chinese«: There‘s nine hundred million of them in the world today./You‘d better learn to like them.

Wir wissen nun auch, wie er bei Toni untergekommen ist: Texas campiert im Flur vor dem Klo. Er könnte jederzeit in Reginas Steinheimer Schloss wohnen, er müsste für seinen Lebensunterhalt keinen Finger krumm machen (dies als Gerücht), aber wo bliebe da der Spaß?

»Ist ihm Wohlstand nicht geheuer?« frage ich Tanja. Sie hebt rückengerecht die haltungsgeschulten Schultern. Nicht zum ersten Mal nennt sie mich Sabbelkopp.

## BIOBIER

Texas ist auch ein Sabbelkopp auf der Suche nach mehrheitsfähigen Themen. Er versucht es mit »rezentem Hingabehintern« als Schlüsselreizwortkombination, das haut nicht hin.

Hingabehintern so klar wie einfallslos wegen texanischem Sexismusverdacht nicht, und rezent klingt zu sehr wie andere Wörter. Selbst dement stellt schon eine Hürde da. Im Gernegroß mischen sich die Überinformierten unter schlichte Gemüter, nur spielen die Schlichten keine Rolle in dieser Geschichte, sie machen so oder so nur oh und ah und spielen Schiffe versenken und Reise nach Jerusalem und vor Texas waren sie schon gewarnt, als er noch die Stirn hieß und täglich sechs Stunden Gong fu in der Bleiweste trainierte.

»Soweit kommt es, dass man Sonne und Mond buchen kann«, sagt Tanja wegen irgendwas in der Bildzeitung. Sie findet, vor dem Weltuntergang sollte man mindestens ein Jever im Nord auf jeden Fall noch trinken. Sie wird hemmungslos konkret: »Du weißt schon, dass du dir das mit Boris und mir eingebildet hast, also bitte, erzähl den Leuten nichts von dem Mann, den sie Pferd nannten.«

Ich höre keinen Hass und keine Bitterkeit mehr, (das Füllhorn wurde geleert). Texas soll bloß diese Kröte schlucken und gut ist.

»In meiner Einbildung bin ich König«, entgegnet Texas vorsichtig. »Vor dir hat noch keine Frau zugegeben, dass ich schnarche.«

Wie Wasserfarben auf Papier verlaufen, kreuzen Verzweiflung und Ratlosigkeit ihre Farben in seinen Augen. Ich könnte nicht so entrechtet existieren wie Texas. Seine Bedürftigkeit will immer noch bei Tanja auf den Schoß. Sie weicht nicht zurück, sie ist mit überirdischer Selbstgewissheit unterwegs. Kein Wunder, dass Antje nur von ihr erklärt kriegen will, was ein Ökozid ist.

Vom Ökozid zur Osterinsel . . . wie eh und je und nur ganz kurz mal nicht, verhockt Texas den Feierabend im Gernegroß. Nur nüchtern ist neu. »Auf der Osterinsel endete eine unter den größten Palmen der Welt gegründete Gemeinschaft im Kannibalismus, nachdem sie sich ihrer Lebensgrundlage im Rodungsfuror begeben hatte. Seitdem sagt man: Das Fleisch deiner Mutter hängt zwischen meinen Zähnen.«

Ich finde die Palmeneinspielung interessant, das maximalistische Element darin. Texas gelingt ein elementarer Übergang zur Biodynamik, mit der er eigentlich abgehängt werden sollte. »Der bio-dynamisierte Mensch will, wie jeder Jedermann, das Schröder-Menü, nur will er es gesunder und gerechter, also die Bio-Currywurst mit Bio-Ketchup, vom Biometzger aus Herzberg zum Biobier von Matsch & Brei. Man könnte auch sagen, die Bioszene hat sich der Bratwurst geöffnet« oder, wie Norbert beifällig zuträgt: »Mit Bio verläuft selbst der Aldikäse brie‘esk comme il faut«. Da sind wir schon beim Kalziumgehalt in der Bionade. Dafür hat keiner mehr unscharfe Urlaubsbilder im Angebot, aber Jägermeister schmeckt immer noch direkt nach Kopfschmerz. Wenigstens darauf ist Verlass.

## DIE SACHE MIT DEM GUTEN PARTNER

Rocko sagt: »Man braucht einen guten Partner, um ein guter Kämpfer zu werden.«

Es scheint, als käme Texas für Rocko als guter Partner in Betracht. Die Experten besprechen Bolo Yeung, der vom chinesischen Festland einst nach Hongkong schwamm und Gong fu mit Bodybuilding kombinierte. Rocko und Texas kennen sämtliche Basisszenen aus den »sechsunddreißig Kammern der Shaolin«. Liu Yu Te heißt der Redliche im Film. Sie malen sich den Gernegroßsaal als Dojo aus, beide haben in Erwartung von Offenbarungen angefangen zu trainieren. Die Spitzenwerte ihrer jugendlichen Erwartungen geraten mit ihrer Begeisterung in die Zone der Erreichbarkeit.

Die Frage im Augenblick lautet: Wieviel Mythos, Fantasie und Fernostromantik verträgt ein ernsthaftes Gong fu-Studium. Immer wieder springen die Männer auf, um etwas in Bewegungen anschaulich zu machen. Texas kommt mühelos ins Spagat, den kaputten Greis hat er abgestreift, wie kann das sein? Warum kann er mit Rocko freundschaftlich Umgang hegen, während ich als vermeintlicher Liebhaber seiner Ex zum Ausscheidungsgrund wurde? Ich durfte Tanja noch nicht mal küssen, Rocko kann lautstark und handgreiflich seine Besitzansprüche geltend machen, ohne Texas auch nur verdrießlich zu stimmen.

## MITGEFICKT

Norbert erklärt mir das: »Du warst sein Vorgesetzter, bei jeder Anweisung hätte sich diese Scheinmöse mitgefickt gefühlt.«

»Das solls schon gewesen sein?«

»Das reicht doch.«

Da bin ich mir sicher: Norberts Verständnis für Texas hat Mike als Amme. Jedes Gespräch vermeidet den gefeierten Schlick, dass Texas verarscht wurde, dass ich Texas verarscht habe. Mit Norberts Segen und nach herrschender Meinung total zu Recht.

Folgt man Rocko, dann bedeutet total sowohl anal als auch vaginal. Norbert legt mir das Papier einer Gesellschaft für strategisches Ereignismarketing vor. Sie will im Gernegroß ein Benefiz für russische Waisenkinder durchziehen.

»Die brauchen dringend zwölftausend Windeln«, sagt Norbert. Das bewegt ihn wie verrückt. Ich stelle mir vor, wie wir die Windeln nach Russland karren. Ich zähle das Geld in der Personalkasse, die Zahlungsmoral meiner lieben Kollegen sinkt. Im Putzeimer entdecke ich eine verfärbte Slipeinlage. Ob Müll in Russland getrennt wird?

## THE FORCE COMES FROM THE ELBOW

Verrat, wohin man schaut. Wie ein Somnambuler wandelt Texas zwischen den Welten. Die alliierten Großköpfe wenden sich von ihm mit Grauen. In unserer Parallelgesellschaft ist er nur ständig zu Gast.

Ihm ist eine Freundlichkeit zueigen, mit der könnte das Rote Meer geteilt werden. Nur so zum Spaß setzt er mir eine Faust auf die Brust. Die Knöchel wühlen sich in die Kuhle des Solar Plexus, mehr geschieht auf seiner Seite nicht. Aber das reicht, um mich meterweit zurückzuwerfen. »The force comes from the elbow, Mexikaner«, erläutert Texas. Dann ist er wieder bei Bettine Brentano, der Dangolsheimer Madonna und den Bilderstürmen der Reformation. Zur Zeit kommt finnisch so wie früher kalifornisch.

## NEUER RIGORISMUS

Texas verweigert die Teilnahme an einer kollektiven Vernichtung von tausend Haribosaft Goldbären in zehn Minuten. »Süßbabb verklebt das Qi«, verkündet er mit neuem Rigorismus.

»Sonst noch was?« fragt Britta. Sie war mit Antje bei Avril Lavigne in der Jahrhunderthalle. Zahlreich seien die Zusammenbrüche gewesen und groß erschien die Zufriedenheit auf den Bahren.

»Wie bewegt sich ein Drache?« frage ich, mit der Hoffnung auf etwas Unbeholfenes. Texas führt Techniken aus, ich erkenne nichts Waranartiges, für mich die plausibelste Annäherung an den Namen.

»Früher«, sagt Texas, »träufelten sich Kämpfer Gift unter ihre Fingernägel. Sie kratzten ihre Gegner zu Tode«.

»Ist das nicht »Made in Brasilia?« fragt Britta, aber so läuft der Hase nicht mehr geradeaus und keiner lacht ihr zuliebe.

## ANSTRICH DES GESELLSCHAFTLICHEN

Wenn das Alter die Liebe lächerlich machen kann, was ist sie dann in der Jugend?

»War Tanja dein spätes Glück?« fragt Antje verächtlich. Sie geht gegen jedes Recht an, das Texas haben könnte, in ihrer Korsage, den Springerstiefelchen und einem Kinderkoffer als Requisite für einen vehementen Samstagabend.

Antje spielt die Laufmasche in ihrer Strumpfhose aus. Mit beschwichtigenden Gebärden bemüht sich Texas darum, nicht unter die Jugendwalze zu geraten. Ja, Texas beschwichtigt Antje, das hat noch keiner gesehen. Sie sucht nach einem Wort, Texas hat es: »Du möchtest sagen, dass sie (die Rede ist von einer Künstlerin) dir als geschminkter Leichnam erscheint.«

»Was weisst du, was ich sagen möchte und dir schon mal gar nicht.«

»Auch Attraktivität ist ein Schlachtfeld«, entgegnet Texas ungerührt.

Wie sehr er leichten Herzens sein kann. »Ich habe soviele zum Toben begabte Menschen getroffen«, sagt er zu mir. »Antje gehört nicht dazu. Sie kommt im Gernegroß vorbei wie auf dem Sprung in die Clubs und dann bleibt sie bei uns in der Sinnlosigkeit hängen.«

Ich finde das »bei uns« bemerkenswert.

Texas stärkt den Musculus pectoralis major mit Liegestütze im Saal. Der Tresen lacht sich schief, Rocko sagt: »Do the world a favor and blow it up.«

Norbert plant eine Ausstellung mit unseren Lieblingsgegenständen. Toni will eine Wasabierbsenbüchse der ersten Generation beisteuern, Britta einen geklauten Kinosessel. »Huch, du hast mal geklaut.«

Wieder haben wir eine Gelegenheit beim Schopf, zu untersuchen wie peinlich und unseriös und ganz klar unter Niveau unsere Einfälle sind. Unter dem Pseudonym Professor Gerno Gernmal Gernegroß will Norbert die Lieblingsgegenstände theoretisch verstauen.

»Die Bleiform einer professoralen Existenz in Deutschland ist stets mit Negativer Dialektik ausgegossen«, sagt Texas. Man kann ihn eigentlich nur bewundern. Gerade läuft »A Shot Of Love«, die Besserinformierten singen mit. So geht es nachts zu, während sich die einen den Anstrich des Gesellschaftlichen geben und die anderen darüber lästern.

## DER SCHWARZE ZWERG

Beim Pokern hat Mike einen schwarzen Zwerg gewonnen. Er führt ihn nackt und verschnürt vor – und traktiert ihn, damit der Zwerg lebhaft wird. In seinem schnatternden Schmerz klingt er wie ein gemarterter Affe.

In seinen Zügen bemerke ich Trotz, als könne die Kreatur Stolz und infolge dessen auch Kränkungen empfinden. Es ist ihm aber nichts beizubringen, wie mir Mike versichert. Er weist mit einem Stock auf das Zeugungsorgan, ein Esel wäre damit glücklich. Mike hat vor, das Imponierstück eigenhändig zu amputieren. Er will sich zuvor von seiner Funktionstüchtigkeit überzeugen. Das Experiment soll ein Spaß werden und ich bin auf jeden Fall eingeladen. Wie nett und vertrauensvoll.

## TEXAS UND DIE FDP

Texas weiß nichts vom schwarzen Zwerg. Seiner Abtrünnigkeit traut man nicht über den Weg. Das macht Texas zu schaffen, er möchte nur noch ein guter Kerl mit Reserven sein. Vielseitig und einfach zu verwenden. Er berichtet von indianischen Wolkenkratzern in der Prärie des achtzehnten Jahrhunderts. Er beantwortet Fragen, die niemand gestellt hat. Er ist froh, wenn auch verwundert, dass Tanja und ich es nicht getan haben. Wir sind beide vorgeführt worden, wenn wir das richtig sehen. Wir sehen das beide bestimmt nicht richtig.

»Ich glaube, Tanja erträgt deine Fresse nicht mehr«, sage ich. Das sitzt, passt und hat Potential. Ich finde Texas ein bisschen zu räudig in seiner Rolle, unglaubwürdig jedoch nicht. Wir haben uns schon lange nicht mehr so unterhalten, als hätten die Beiträge Bestand vor unseren inneren Gremien. Wir horchen in uns hinein, das führt Texas zu der Frage, was die Wikinger in Amerika scheitern ließ. Dann macht er wieder seine Gong fu-Bewegungen, um sie zu kommentieren. »Die Mitte muss stets besetzt bleiben«, sagt er, als sei er die FDP.

»In der vorrömischen Welt machte eine ungesühnte Ohrfeige aus einem freien Mann einen Sklaven«, erinnert sich Texas. »Man hatte sich zu wehren. So ist das immer noch.«

»Aber du wehrst dich doch gar nicht«, sage ich. »Du läufst doch bloß so mit Scheiße vollgekübelt durch die Gegend.«

»Das ist eine Projektion, Mexikaner«, erklärt Texas. Ich hoffe für ihn, dass er mich lediglich irritieren will.

SEELISCH SPERRIG

»Selbst der Schwan lebt nicht monogam«, verkündet Rocko. Er zieht weibliche Asseln aus der Kooperative an, unverbunden mit der Welt, die unsere Elitewesen hervorgebracht hat. Mit ihrer Stumpfheit schüchtern sie die Elevinnen ein. Rocko füttert sie mit Schnaps, das Alkoholverbot während der Arbeitszeit hält er für einen Witz. »Wir gehen noch lang nicht nach Hause, wir sind ja noch munter und frisch, und wenn wir uns endlich erheben, dann fallen wir unter den Tisch.«

»Weißt du, dass das alte Bindegewebe Zehen lutscht«, vertraut er mir Renates Vorliebe an, »wenn das arme Tier bloß seelisch nicht so sperrig wäre.«

Rocko könnte ein Nilpferd zum Ballett überreden. »Sei mal ehrlich«, mahnt er mich. »Warst du eigentlich dein ganzes Leben Mann?«

Rocko fixiert mich in meiner Arbeitsbekleidung, »Ich verrate dir mal was zum Weitererzählen. Ich mach das nicht mehr lange mit eurem Scheiß. Ihr hesslichen Schwuchteln seid noch bescheuerter als die Schwaben, falls das überhaupt geht.«

»Du hast doch bei McDonalds studiert«, sagt Rocko. »Sej to!«, ruft er Tanja zu und sie beeilt sich. Rocko erzählt was von Rastplatzsex, ich habe Tanja als eifersüchtigen Menschen kennengelernt. Nun erscheint sie für alle Zeiten beschwichtigt. Auch diese Volte stellt mich in Frage. (Diese Empfindung: meine Rolle als Personalchef und guter Kerl auf Norberts Gnadenweg zu erfüllen.)

## PARTICIPATION MYSTIQUE

Ich spreche Texas darauf an, um mit meiner Verlegenheit nicht allein zu bleiben. Er wähnt Rocko im Besitz von Tanjas »Buschseele«. »Mit deinem Kreuzworträtselwissen kommst du da nicht weiter«, sagt er. Er verweist auf Lucien Lévy-Bruhl, der mit participation mystique einen Zustand beschrieb, in dem der Primitive eine Zweitseele außerhalb seiner selbst vermutet, wenn auch nicht unbedingt in einem anderen Menschen.

»Das ist mir zu krank«, sage ich.

»Du Mexikaner von einem Esel hast keine Ahnung von Dissoziation«, erkennt Texas.

## BATTRE À ALLEMAND

Rockos altes Bindegewebe ist von erbärmlichem Wuchs und eminent reizlos in ihrer Unterwäsche vom Grabbeltisch. Zu allem Überfluss hat Renates Kopf eine lichte Stelle. Die vortrefflichsten Männer des Nordends haben sich bei Mike versammelt. Kein Einwand erhebt sich gegen die in der famosen Umgebung besonders verworfen wirkende Renate. Mike lässt ihr etwas Schweinesülze vorwerfen. Beim Anblick des schwarzen Zwergs erschrickt sie furchtbar, findet sich aber, aufgemuntert von ein paar Ohrfeigen, zu allem Nötigen bereit. Zur Freude der Herren versteht der schwarze Zwerg, worauf es ankommt. Während die Paarung coram publico auf sauber abgeschliffenen Dielen stattfindet, schlägt Rocko mit einer vielschwänzigen Katze auf das Gespann ein. Die Zumutung kennt man als battre à Allemand, doch habe ich für den Namen keine Erklärung.

Man zwingt den schwarzen Zwerg in sein Gefängnis, verborgen in den Katakomben des Veilchenhofs. Die Herren binden das lärmende Zwischenwesen tüchtig fest und treiben einen Ring durch seine Nase. Auf eine Penisamputation noch an diesem Abend verzichtet man. Mike schlägt sein Wasser auf dem schwarzen Zwerg ab, und verlangt von den Freunden, es ihm gleich zu tun.

Er redet vom Leid des Heilands, dem schon so viele in den Schmerz folgten: freiwillig wie die Flagellanten und unter Zwang wie die ersten Christen in Rom. Mike führt ein Gerät vor, das sich unter dem Druck einer Feder im Mund ausbreitet. Dem Vernehmen nach weiß er alles über Anatomie und das Wesen des Schmerzes als einer Perversion erregter Nerven.

## KÄSE VOM OBSTALI

Erinnert sich noch jemand an die Vertrauensspiele im alternativen Sportunterricht? Ob Tanja schon einmal bei Beate Uhse eingekauft hat? Die Suhrkampsachen stehen bei ihr gesondert. Das weiß ich auch nur vom Hörensagen.

»Das Nordend sollte eine eigene Zeitzone kriegen«, findet Toni. »Goin‘ down this road and I‘m feelin‘ bad, baby", erklärt Big Bill Broonzy. Er war da, wo die Dinge geschahen, also in Chicago.

»Im Echoraum von Big Bills Sound lässt sich the postbellum South vernehmen«, behauptet Texas. Seine exotischen Arsenale sind randvoll. Er trägt einen Kapuzenpullover mit einer Wolfsangel als unkorrektem Emblem neben der Bornheimstickerei.

»In Berlin wird Mülltrennung kleingeschrieben«, sagt Britta.

Toni bietet Käse vom Obstali an. Unsere Gäste haben die bösen Gesichter kleiner Leute, die nur noch die Aussicht auf ein Grab kennen. Ihre Ranzigkeit baut sich Nester.

»Es ist noch keinem etwas Besseres eingefallen, als ein solides Familienleben«, behauptet ein Verknatterter.

## KOMPETENT IN DER WURST

Gong fu war gestern, heute steht Texas kurz vor einem Rückfall in den Absturz. Norbert würde das begrüßen, Mike auch. Zu erwarten war es außerdem. Mike ist auch so was wie künstlerischer Leiter inzwischen. Norbert und Mike beschwören alte Zeiten.

»Wann waren die?«, frage ich. In drei Wochen müssen wir im Park sein, noch hat sich keiner gefunden, der Texas in der Wurst ersetzt.

»Er könnte sich doch selbst ersetzen«, kommt Norbert nach viel Schnaps schließlich prima auf die Idee.

»Dass da noch keiner darauf gekommen ist«, sage ich behutsam.

»Ist doch gleichviel«, meint Mike. Solange der Esel trägt, ist er dem Müller lieb. Mit seiner Masse begibt er sich halbwegs auf Norbert, um noch überzeugender zu wirken. Die beiden Walrösser schnappen nach Luft.

»Kannst du mal Zigaretten holen und von oben den Chefcognac?«

Mike hat aus vorn und hinten in unserer kleinen Welt oben und unten gemacht. Das Gernegroß ist selbstverständlich unten.

»Nun mach schon«, schnauft Norbert. Er kriegt kaum Luft, er raucht an gegen die Atemnot. Den Tipp hat er von Che Guevara persönlich. In letzter Zeit freut es Norbert, Commandante genannt zu werden und heute Nacht haben ihm die Polen mit einem l im Sinn den Schlaf geklaut.

Ich krieche in den Zigarettenautomat, Kippen holen für Chefs war bis eben für mich ein Kündigungsgrund.

## DIE SOCKE AUF UNSELDS GRAB

»Bitte, sag, dass das nicht wahr ist«, barmt Tanja mir zuliebe. Norbert hat es freilich immer schon gewusst. Die Wurstfrage wurde auf wundersame Weise geklärt. Texas beansprucht nicht einen freien Tag im Park. Er ist ja so gern bei uns, auch wenn sich außer mir niemand mit ihm aufhält.

Texas empfiehlt Britta »Die Stadt der Blinden«, vor Jahren war er gemeinsam mit Tanja bei einer Lesung von José Saramago, der immer noch lebt. Plötzlich ist das wieder ein Thema. Tanja und Texas waren auch zusammen in »Departed«, in dem Kino am Eschersheimer Turm, wo Filme im Original gezeigt werden, und zweitausendunddrei haben sie gemeinsam eine Socke auf dem Grab von Siegfried Unseld gefunden.

»Bei Texas kannst du dein Abitur nachmachen«, sagt Toni zu Tanja, im Tonfall lauernder Rivalität. Protestanten beschimpft Toni schon mal als Luthersäue, beinah hätte ich vergessen, das zu erwähnen. Texas wohnt alsfort bei ihr.

Toni nötigt das Personal »A Night in Tunisia« anzuhören. Ich bitte Toni um Kaffee, Tanja kommt ihr zuvor, sie serviert mit Untertasse.

»Willst du einen Keks dazu?« fragt sie, als sei ich bloß so ein Gast. Wir benutzen niemals Untertassen, wir essen keine Kekse aus dem Gästekeksekarton.

»Ist alles in Ordnung?« frage ich.

»Mann oder Maus?« fragt sie zurück. Eine aufgegebene Variante lautet »Furnier oder Vollholz«. Ich verziehe mich in eine Rumpelbude auf der Koselstraße. Ursprünglich ist das eine Kneipe für schwule Taubstumme gewesen. Ich kenne alle Thekengesichter, mir scheint, seit hundert Jahren. Da ist der Pudelbesitzer mit der kleinen Pension, ein Thalamusinfarktpatient und noch mehr eingenickte Persönlichkeiten, so wie der mit Ringen unter den Augen in Bulgarien zur Welt gekommene Zauberer, der als Kellner arbeitet. Jemand prüft meine Form, ich bin nicht in der Stimmung.

»Ich bin nur hier, um für Alkohol mal wieder Geld auszugeben«, sage ich.

Der Patient erzählt von seinen Zimmerpflanzen, ich denke, in meiner Badewanne bin ich Kapitän. Lang her, dass ich zum letzten Mal auf der Dippemess war. So eine Art Däniken für Headbanger am Tresen hat erst gestern wieder Aliens auf der Zeiselstraße in ihren Cellophaniglus beobachtet. Zum Glück gehe ich in dieser Versammlung des Schreckens noch als Zaungast durch.

## MIEN LEEVSTER AUF HESSISCH

»Erinnert sich jemand an den Horst Karasek?« frage ich, als sei Texas bei mir einmarschiert. Tanja will mit Rocko noch schnell an die See, zu Dünen und Wellen und den wahren Seemannsmischungen, bevor der Park losgeht. Texas wird für sie einspringen. Ich tausche meine Schichten mit Toni, sie versteht das.

»Du bist doch immer noch der Chef am Tresen«, tröstet Norbert. Was interessiert ihn sein Geschwätz von gestern Abend. Tanja wird mich beerben, wenn ich mit flatternden Nerven im Gernegroß von der Fahne gehe und mien Leevster auf hessisch wieder Texas heißt. Dann wird auch das ohne mich gesungen werden: »Komm doch, liebe Kleine, sei die Meine, sag nicht nein! Du sollst bis morgen früh um neune meine kleine Liebste sein. Ist es dir recht, na dann bleib ich dir treu«.

## PRINZ IN DER KÜCHENROLLE

Zum Schluß wird die Festhalle wie eine Turnhalle nach der siebten Schulstunde riechen, aber noch steht alles auf Anfang. Kaum ist man unter der antiken Donnerkuppel, ist man auch schon soweit ausgezogen, dass die Beschriftungen wirken. Die Hosen hört man nicht in der Jacke. Den Gernegroßpostparkbetriebsausflug hat kaum jemand abgesagt, sogar das Klo ist mitgekommen in seinem Mief und auf eigene Kosten. Er schmiert sich an Texas, der jetzt auch nachts in der Kooperative Mensch-ärgere-dich-nicht um Geld spielt. Diese alten Jungs haben sich am Stammtisch seelisch in Sicherheit gebracht, sie haben abgeschlossen mit ihren Zahnlücken. Hauptsache es regnet nicht durchs Dach.

Techniker steigen im Bühnenhimmel auf. Alles ist kurz vor Nutella und Weinberg an der Heimstraße des Herrn, Tanja pogt mit Rocko und Texas. Den einen schätzt sie als Kumpanen im Maximalbereich, der andere ist der kleine Prinz als Charles, ein hochmütiger Versager in der Küchenrolle sowie in jedem anderen Metier. Warum ist Rocko gut zu Texas? Mich nennt Rocko inzwischen Renate. Warum gibt Tanja sich wieder mit Texas ab? Sie hat mich noch nicht Renate genannt.

Zierliche Fahnenschwenkerinnen sind im Publikum, das komplette Familien mit kompakten Freundeskreisen vereint. Kompetent geföhnte Zehnjährige singen »Unterwegs auf der Straße, die dich nach morgen führt/Im Rückspiegel siehst du all die Jahre hinter dir . . . Keine weiße Fahne, kein fauler Kompromiss, es gibt nur eine Regel, sie heißt: alles oder nichts.« Das ist frühreif. Campino macht seine Ansagen, er referiert Frankfurter Geschichte bis zu ihren Verwerfungen im Verlauf Napoleonischer Kriege. Die Hosen spielen »Guns of Brixton«, ich suche mein Rockgefühl als guter Kerl. Das solls dann wohl gewesen sein, knapp vorbei ist auch daneben.

# DER KRAMPF GEHT WEITER

»You may all go to hell, and I will go to Texas.«

Davy Crockett, Anführer der Freiwilligen aus Tennessee, die 1836 in Alamo gegen eine Übermacht bis zum Tod kämpften.

»Guck nicht, halts Maul und geh weiter.«
Badesalz

»Wir sind eine deutschnationale Angelegenheit«, verkündete der kleinwüchsige Wegelagerer auf sandigem Boden voller Zapfen. Er trug weiter nichts als extreme Badelatschen und eine Kette, die Hammer- und Sichelminiaturen mit einem Hakenkreuz verband. Ich schiebe an dieser Stelle seinen Namen ein, auch wenn er für mich erstmal ein Zwerg ohne Namen war. Spockminzmann hatte grandiose Ohren und einen philophallischfaltigen Geierhals. Er roch nach Gummizelle und Spartakiadesiegen. Hinter ihm erschlaffte eine Reichskriegsflagge aus der Kaiserzeit an einem Gott angemessenen Totschläger, der in den Paradiesen der Heimwerker als Teleskopstab womöglich für das Doppelte von Achtundvierzigfuffzig angeboten wird. Manche Leute rechnen so. Es hat auch schon mal einer versucht, so mit mir abzurechnen.

Spockminzmanns deutschnationales Gefolge war so nackt wie er, sah man von einem Herrn ab, der immerhin Windeln trug, und von einer Dame, die ab und zu einen Blick in ihre Unterhose warf. Die Szenen im laufenden Betrieb changierten zwischen Dschungelcamping und Karneval im letzten Stadium. Der Kadaver auf dem Grill hätte von einem Hund sein können, aber ich wusste bereits, dass Berliner keine Hunde essen. Sonst wusste ich nicht viel über Berliner. Aus dramaturgischen Gründen hat Boris in seiner Variante meiner Geschichte einiges gerafft, unterschlagen und verfälscht, ich habe das Nordend bald ein Jahr lang in Ostberlin und seinen nördlichen Vorgärten vermieden. Mein Exil lag in Pankow, unweit des Johannes R. Becherhauses am Majakowskiring. Vermutlich steht auf dem Boden der ehemaligen DDR an jeder zweiten Ecke ein Johannes R. Becherhaus.

Ich hatte eine Souterrainwohnung mit zwei Dachterrassen. Die Wohnung gehörte Regina, so wie das ganze Haus. Bis zu meinem Einzug war sie als Lager genutzt worden. Ich fand sehr ordentliche Weine, die ich in Ruhe liegen ließ, Bilder bedeutender Maler aus der dritten Reihe der Großartigkeit, Designermöbel aus der Colaniära, komplette Sammlungen von Comicklassikern und antikes Blechspielzeug, zumal Autos. Ich lebte vom Verkauf einiger Stücke, Regina kratzte das sowenig, dass sie noch nicht mal zum Abnicken konsultiert werden wollte. Sie saß in ihrem Steinheimer Schloss, pflegte sich und half Kindern in Schwierigkeiten mit Schecks.

Der Spielzeugdealer war mein erster stabiler Kontakt in Berlin, er hieß Wiese. Ich machte Wiesel aus Wiese, heute würde ich Acker, Feld oder Rasen daraus machen. Damals hielt ich Tanja und Boris für ein Liebespaar auf den Plätzen meiner Tanjaliebe. Ich ahnte den Hohn der Heimatgemeinde in meiner Abwesenheit. Ich schrieb Tanja Briefe, die unbeantwortet blieben. Meine Kabarett- und Apfelweinfreunde schwiegen sich aus. Auch Toni lud mich zu Fehldeutungen der Lage ein. Ich hatte die Arschkarte gezogen, während für alle anderen die Party im Nordend weiterging. Manchmal war mein Heimweh größer als der Liebeskummer.

Das Wiesel hatte in der MfS-Trutzburg an der Breiten Straße gearbeitet und machte nun einen auf Hausmeister. Es war zu beschränkt, um mich geschickt zu hintergehen, seine Margen der Niedertracht erschienen vertretbar. Es führte mich ein in die Sphäre der Backwarenverkaufsstellen, mit ihren Kaffeetischen. Das war die Welt der ehemaligen Geheimnisträger, inzwischen trugen sie nur noch Beutel. Da rückte eine Armee aus Grauhaardackeln mit ihren Beuteln von einer Backwarenverkaufsstelle zur nächsten vor.

Pankow liegt an einem Rand von Berlin, noch vor der Stadtgrenze gelangt man auf freies Feld. Nicht zu oft erkundete ich die Gegend und kam mir dabei immer sehr wie Lederstrumpf vor. Überall lagen Seen mit ihren Knüppelholzstegen unbeachtet im Gebüsch. Ich gewöhnte mich daran, mit irgendwelchem Gemeiß an Ufern allein zu sein. Ich hatte auch am Mühlenbecker See noch nie jemanden gesehen, als mir Spockminzmann und sein versprengter Volkssturm begegneten.

Walter hieß die Riesentöle, ohne die kein Spockminzmannberliner auskommt. Am liebsten fraß Walter Eis. Übrigens war Walter weiblichen Geschlechts.

Berlin ist voller Hundefriseure, Hundereparaturwerkstätten und Hundebekleidungsgeschäfte. Spockminzmann hätte bestimmt auch als Hundedesigner Karriere machen können, er hatte sich für einen anderen Dreh entschieden. Er handelte mit dem Placebopräparat ProPotent, das sollten Sie besser nicht kennen. Damit ist eigentlich alles gesagt, Spockminzmann löste dann aber das Wiesel als Verchecker der

Souterainkleinode ab. Das lag als Vorgang in der Zukunft, als ich mein Hemd abstreifte, barfuß war ich schon, barfüssig wie meine urhessische Oma halbwegs auf schwäbisch gesagt hätte. Mit naturkindlicher Sachlichkeit fasste eine Frau meinen Bauch an. Sie sah so aus, als habe unser Schöpfer im Supermarkt des Lebens den Hals nicht vollkriegen können, sie sah nach einmal für machtnix mit allem den Wagen voll aus. Ihr Zeigestolz sprengte den Begriffsgürtel des Narzissmus'. Spockminzmann bezeichnete sie als seine Schwester, das war die falsche Bezeichnung oder eher noch Bezichtigung. Er nannte sie auch schon mal Ratte. Sie hieß Tanja, ich hatte das befürchtet. Zweifellos gehörte Sex für sie in die Gesundheitsschublade, gut gegen Verstopfung und hilfreich bei Kopfschmerzen. Tanjazwo fand mich haarklein genauso wie ein Schokoladengebirge. Auf diesen Namen taufte sie mich mit den Wassern des Mühlenbecker Sees.

Wenn ich was kann, dann ist das schwimmen, die meisten Leute glauben nur, sie könnten sich flüssig bewegen. Hinter mir soff Tanjazwo ab. Ich half ihr nicht, das wäre mir zu klischeehaft erschienen. Ich staunte über ihre Furchtlosigkeit. So gut wie nicht in der Lage, sich über Wasser zu halten, ließ sie den festen Grund unter ihren Füssen weit hinter sich. Kurzerhand kraulte ich an Land. Die Deutschnationale Front lag am gegenüberliegenden Ufer. Ich war schon lange wieder trocken, als Tanjazwo meine Robinsonade erreichte. Umgehend erhob sie Anspruch auf Körperwärme, kalt wie Marmor und so ominös-schwellend wie eine Boterofigur erklomm sie das Schokoladengebirge.

## PANKOW

In search of the original and pure Karate.

Die Kraftidioten im Freibad von Pankow nannten mich Gorilla. Ich dachte, in Berlin sind alle Bademeister, wenn sie nicht Hausmeister sind. Ich zog meine Bahnen, bis ich in zwei Einheiten am Tag auf zehntausend Meter kam. Bei gutem Wetter war das Becken mit Nichtschwimmern verstopft, das bot mir Gelegenheiten in tausend Rempeleien mit fließenden Techniken zu experimentieren. Zwischen den Einheiten übte ich einen Mix aus Gong fu, Karate und Taekwondo. Ich trainierte aus reiner Bewegungsfreude und in der Einsicht, dass man nur weit genug gehen muss, um zu erleben, wie alles Gong fu wird. Jeden Gedanken löste ich in Bewegung auf, solange ich munter war. Morgens um zehn begann ich damit und abends um sieben ließ ich mich in einer Gaststätte nieder und aß die unerhörten Mengen des Wachstums. Selten fand ich nach neun in den Schlaf, das war meine Kur. Ich häutete mich, wieder einmal.

Ich hatte mir den Ortswechsel wie eine Medizin verschrieben. Keinen Zweifel hegte ich drei lange Monate daran, dass Tanja mit Boris glücklich war. Die beiden hatten sich schon als Kollegen zu gut verstanden. Mit der Müdigkeit kam der Fluch der Bilder. Ich sah Tanja auf all ihren Wegen und bei ihr war mein gewesener Chef Boris. Es war die reine Horrorschau. Ich konterte das Spektakel mit Psychotechniken und Karatevideos. In dem Kaff meiner Kindheit war Karate die größtmögliche Annäherung an Bruce Lee gewesen. Kurz gesagt, es gab nichts anderes. Noch galt das Primat der finalen Technik, das war kein Sport. Der Lehrer war ein eckiger PSV-Typ in der Aftershavewolke. Er zermürbte seine Leute, er wusste es nicht besser. Ich erkannte keinen Zusammenhang zwischen den ewigen Oi Tsuki & Mae Geri-Kombinationen und der Easternartistik. Ich hätte bei den Turnern mitmachen, Ringkampf lernen sollen. Trotzdem wurde Karate in meinem Traumvokabular nie ersetzt. Karate blieb die Chiffre der Verheißung. In ihren Auffaltungen verbarg sich das Wort Okinawa Te.

Als ich nach Frankfurt und da gleich ins Nordend kam, schloss ich mich einer ITF-Taekwondoschule an. Der Yoko Geri hieß nun Yop Chagi. Endlich hob ich ab. Ich verlor mich in der Virtuosität. In Pankow war ich wieder ganz am Boden. Ich fühlte mich ausgesetzt.

## OSTDEUTSCHE HELLBILLIES

Spockminzmann war nicht nur grotesk. Als Anführer durfte man ihn nicht unterschätzen. Seine Leute bewohnten in Weißensee eine Kneipe, vorderhand wirkten sie wie ein Verein bekloppter Regimegegner. Ihre Gegenwart war eine nostalgische Angelegenheit, obwohl sich die DDR in ihrer Kindheit aufgelöst hatte. In ihrer Nähe vernahm ich die Verpuffungsgeräusche kleiner Existenzen. Ihre Tage begannen mit Bier und endeten in Lachen. Sie hatten auch was zu melden und zwar ganz am Rand ihrer Ortspfütze. Sie terrorisierten andere Kleinstkriminelle, wenn auch nicht besonders ernsthaft. Spockminzmann bedrohte Kontrahenten mit Pfeil und Bogen. Das war schon außergewöhnlich.

Ich hatte meine Frankfurter Wohnung in einer Panikentscheidung gekündet, es war an der Zeit, sie zu räumen. Spockminzmann begleitete mich in einem Transporter von Robben & Wientjes nach Frankfurt.

Wir hatten uns also angefreundet. Schon auf der Autobahn überfiel Spockminzmann das Heimweh, was graute ihm vor dem Westen, der im Wedding begann. Er sah keinen Unterschied zwischen einem Westdeutschen und den Türken. Die Wollankstraße im Wedding nannte er balkanvulkanisch Volkanstraße.

Wir waren nun noch weiter als im Wedding im Westen. Wir kehrten auf eine Currywurst ein, ich wäre auch ganz umgekehrt, allein, Spockminzmann wollte einen Beweis seiner Standhaftigkeit erbringen. Außerdem stellte sich ihm die peinliche Frage: »Wie stehe ich sonst da im Weißensee, wesstewah?«

Ich war mit meinen Gedanken nicht immer bei Spockminzmann, Frankfurt lag mir auf der Seele. Ich hatte schon länger keinen Grund mehr zu glauben, ein Liebling dieser Stadt zu sein. Trotzdem bastelte ich an einer besonderen Beziehung zu ihr. Vor dem Feinstaub fand ich einen Parkplatz, Tanja tagte mit ihren Altenpflegern vor der Tür. Sie ließ sich umarmen. Im Weiteren wollte sie nur wissen, wann ich wieder abfuhr.

Tanja fand, dass Berlin mir gut tat. Ich hielt an mich, ich wusste, dass sie jedes harsche Wort versperren würde. Ein paar Gernecrossies tauchten unter ferner liefen auf, die Mutigeren grüssten ängstlich. Die anderen machten aus ihrer Benommenheit eine Schau. Tanja war sofort bei ihnen, das war es dann auch schon gewesen. Von ihr sollte ich auf keinen Fall erfahren, was man sich über mich erzählte. Vollkommen arglos hielt ich Tanja für Boris' Freundin und insoweit alles für traurig, aber geklärt.

Spockminzmann half mir, meine Küche in Stücke zu schlagen, ich hatte Ibu viel Geld für den Einbau bezahlt. Wir schmissen das Zeug vor die Haustür, nichts lag länger als eine halbe Stunde auf der Straße. (Es muss Leute geben, die eine Witterung für Sperrmüll haben.) Ich packte meine Bücher und Platten zwischen kriminell geparkte Autos, ich wollte das alles nicht mehr. Es wurde im Vorübergehen zugegriffen, manch einer bedankte sich.

Spockminzmann freundete sich mit einer Bedienung aus dem nächsten Café an, man war einander landsmannschaftlich verbunden, Spockminzmann hatte nun etwas Besseres vor. Ich besuchte den Günthersburgpark, erstmal erfreut über jedes bekannte Gesicht. Ich kapierte nicht gleich, dass Leute mich übersahen, an mir vorbei guckten und auf Abwehr umschalteten. Norbert musste enorme Mengen Scheiße (first-person singular present of scheißen) in meinem Namen ausgekübelt haben – und in seiner Erbärmlichkeit unterwarf man sich Manitus Urteil.

Zur Wohnungsübergabe rückte Regina mit Gefolge an. Das Gefolge bestand aus einem Anwalt, der den kaum zwanzigjährigen Hauseigentümern auf die Finger sah und dabei wie mit einem Dampfstrahler den richtigen Stallgeruch verbreitete. Das hielt die reichen Jungchen von Winkelzügen ab.

Regina zweifelte vornehm an Spockminzmann.

»Du kommst doch zurecht?« fragte sie. Sie brachte noch ein paar Abfälligkeiten unter, darin ist sie unschlagbar.

Ich biss ins Lenkrad, Spockminzmanns Frankfurter Eroberung fuhr mit nach Berlin. Das neue Paar zwitscherte in seinem eigenen Liebesidiom und vergrößerte so meinen Verdruss. Ich war schon sehr erstaunt, als mir Spockminzmann seine Braut anbot, kurz hinter der Brandenburgischen Landesgrenze. Der Osten blieb rätselhaft.

## DEHNUNGSÜBUNGSLEITER MILZ

Mit Zunamen hieß er Milz und von Beruf war Milz Osteopath. Er hatte auch mal was als Sportler gerissen, Milz wusste, worauf es ankam. Milz bewarb sich als Dehnungsübungsleiter bei mir. Er kurierte mich im Schlosspark von Niederschönhausen. Mir war, als würde das Kartenhaus meiner inneren Verkürzungen wie in Zeitlupe in sich zusammenfallen. Eines Tages saß ich wieder im Spagat. Ich bezahlte Milz mit alten Fix und Foxiheften.

Seine Frau gewann ich kurz als Schülerin. Sie war Malaiin mit einem für sie selbst unaussprechbaren Namen. Sie hatte nichts dagegen, dass ich sie Tanja nannte.

»Ist doch wurscht wie eines heißt. Hauptsache Zackzack«, sagte sie. Das fand ich auch, wenn sie auf meinen Schenkeln Handstand übte. Sie war so witzig wie Jackie Chan. Meinem Budoeklektizismus schenkte sie keinen Glauben. Ab und zu lud sie mich zum Frühstück in ihre schneeweiße Küche ein und regte zu Sublimationen an.

## BADENDE KAMPFHUNDE oder HEIMLICH IM PARK

Wenn das einzige Mittel ein Hammer ist, sieht jedes Problem aus wie ein Nagel.

Dann ging der Park los, meine Gewährsleute warnten mich vor einem Besuch. Ich hatte Platzverbot, in Ibus Sicherheitsdienst waren zwei Leute dafür vorgesehen, den Park von mir freizuhalten. Das fand ich knapp bemessen. Den ersten Parktag verbrachte ich fern der Heimat am Rahmer See bei Zühlsdorf. Ein Schwung seeliger Ostmütter zeigte sich sehr interessiert an dem Schokoladengebirge. Ihre Töchter waren schon keine Kinder mehr, die Beulen an ihren Beinen schien sich das Leben persönlich zugezogen zu haben. Am zweiten Parktag verirrte ich mich in der Gegend von Bernau. Ich geriet an den Liepnitzsee, ich glaubte zu träumen, so lieblich und blau lag der See in der brandenburgschen Grundmoränenlandschaft. Er füllt eine través de glaciares, wie es dem Spanier gefällt zu sagen, auf deutsch, eine niedliche glaziale Rinne.

Geschälte Buben sangen böse Lieder an seinem, von urwaldlichem Wurzelwerk geäderten Ufer, ihre gedrungenen Bestien liebäugelten mit meinen Waden. Was war ich froh, kein Bluter zu sein und den Spieltrieb der armen Tiere nicht mit einer Aidswarnung abkühlen zu müssen. Wir badeten gemeinsam, die Kreatur und ich, übrigens sehr angenehm in der Gesellschaft loser Zofen.

Jemand widmete seine Fürze ausdrücklich der Nachwelt. Das notierte ich als indigene Daseinsäußerung, ebenso wie den Hinweis, dass sich Füße am besten in Klos waschen lassen. Es versteht sich von selbst, dass bei aller indianischer Verträumtheitheit schädelspalterische Ambitionen an erster Stelle auf der Agenda des männlichen Eingeborenen standen. Das austragende Geschlecht beschielte kennerisch die Falten der tabakbeutelartigen Testikelschoner.

Wie an Schrippen zog es mich am dritten Parktag nach Frankfurt. Ich quartierte mich in dem Logierhaus in der Scheffelstraße ein, ich verbarg mich vor allen Bekannten. Ich trainierte in aufgegebenen Verschanzungen des Ostbahnhofs, da kommt aus dem Nordend keiner hin. Bornheim war wie ausgestorben. Ich traf aber Toni, die es endlich angebracht fand, mir zu offenbaren, dass ich von Tanja und Boriș genashornt, sie sagte bloß »verarscht« worden war. Gehört hatte ich das schon von Mineke.

»Sowas kommt vor und kann passieren«, sagte ich vorsichtig. »Ich hoffe, die beiden hatten wenigstens ihren Spaß dabei.«

Nachts lag ich im Grüneburgpark auf der Wiese und observierte den Feierabendbetrieb der Gernegroßbelegschaft. So lernte ich Rocko aus der Ferne kennen. Er sang die Auchenorrhyncha ins Koma. Er sah recht manierlich und gesund aus, war aber bei Weitem kein Schokoladengebirge. Ich hatte keine Ahnung, wie gut wir uns einmal verstehen würden. Es sollte noch viel Zeit vergehen, bis der harte Mike anrief, um mir sein Angebot zu machen. »Ich habe die Kooperative im Griff«, meldete er, »und dich will ich als Garanten im Haus.«

Ja, das bin ich gut & gern: ein Garant babbischer Verhältnisse.

## TOP-TALIB IN KASSEL

*Bau auf!*
*Jugend erwach, erhebe dich jetzt,*
*die grausame Nacht hat ein End.*
*Und die Sonne schickt wieder*
*die Strahlen hernieder,*
*vom blauen Himmelsgezelt.*
*Die Lerche singt frohe Lieder ins Tal,*
*das Bächlein ermuntert uns all,*
*und der Bauer bestellt*
*wieder Acker und Feld,*
*bald blüht es allüberall.*

*Arbeit und Brot beenden die Not,*
*die Kette der Knechtschaft zerbricht.*
*Deutsche Jugend pack an,*
*brich dir selber die Bahn*
*für Frieden, Freiheit und Recht.*
*Kein Zwang und kein Drill,*
*der eigene Will*
*bestimme dein Leben fortan,*
*blicke frei in das Licht,*
*das dir niemals gebricht.*

*Refrain:*

*Bau auf! Bau auf! Bau auf! Bau auf!*
*Freie deutsche Jugend, bau auf!*
*Für eine bessere Zukunft richten wir die Heimat auf!*
*Deutsche Jugend, steh deinen Mann!*

## AN DER PANKE

»Das kann doch nicht wahr sein.«

Aber es ist doch wahr. Texas findet sich in der Auenlandschaft des Panketals zurecht wie ein Indianer aus Berlin-Buch. Wo sich Wege verlieren, nimmt er die Fährten auf. Mit Spockminzmann im Nacken unterquert er eine Autobahn und wechselt auf verrotteter Flur sang- und klanglos richtig die Richtung. Das hat schon auch etwas Beleidigendes, wie Texas in der Ursprungsumgebung seines Freundes Kenntnisse wildert, nach Art der Kleingärtner, eingeborener Hundehalter und rassisch unbedenklicher Anglerheimaspiranten. Seine Republik ist grün bis zum Liepnitzsee mit dem schwachen Salzgehalt und all den siebzigjährigen Nacktschwimmerinnen.

Spockminzmann ist beeindruckt und wäre das lieber nicht. »Allein dafür hat sich die Wende gelohnt«, dröhnt Texas, mit viel Freude an der Gewißheit, dass die Leute am Liepnitzsee von Wendegewinnern aus dem Westen lieber nichts wissen wollen. Ihren Mayonnaisesalat mit triefenden Kartoffelersatzanteilen bestellen sie sich mit Mayo extra und geben auch noch die Seite an, wo der Klecks eimerweise hin soll. Für Spockminzmann ist schon lukullisch zu schwer. Texas erklärt ihm, dass sich das Wort einem Feldherrn verdankt. Auch so verstösst er gegen das Komment dieser Freundschaft.

»Feldherr vor und zurück«, klagt Spockminzmann, »kannst du nicht wenigstens einmal auch so blöd sein wie ich.«

Drei käsige Jungens mit roten Bier-in-der-Sonne-Köpfen halten sich aus lauter Langeweile mit dem Gespann auf.

»Von dir wollen wir nichts«, erklären sie Texas, »aber dein Negerfreitag steigt jetzt mal zügig vom Rad.«

»Das kommt von zuviel Sonnenschein auf bloßem Analverkehr«, sagt Texas zu Spockminzmann, erfrischt von Schadenfreude. Spockminzmann berlinert sich ansatzweise aus der Krise: mit der ganzen Empörung des unverbrüchlichen Resopalsozialisten. Die Bleicheimer bleiben skeptisch. Ein echter Natorektalsozialist sollte als Arier nicht so dunkel sein, als würde er nie den ganzen Tag in der Kneipe hocken und höchstens ausnahmsweise mal nicht. Spockminzmann fühlt sich so verkannt, dass er von seinem Appeasementkurs abweicht und zu den Methoden der action directe Zuflucht nimmt. Texas sucht sein Emin Boztepegefühl, er wird rasch fündig. Er muss ja nur an Boris denken und alles ist gut in der rasenden Wut.

»Ihr vollgesoffenen Strumpfschweine«, sagt er fröhlich auf zum Jagen.

## SOFFIS SAMTSAM

Ja, es gab diesen Sommer vor und in Berlin, damals, als Leute aus dem Prenzlauer Berg an den Schlosspark von Niederschönhausen zogen, mit ihrem Nippes und dem orientalischen Zinnober. Erst machte ein Teeladen auf, dann ein Café, in dem nichts zusammen passte und man nicht richtig sitzen konnte und kein Mensch seine Ruhe hatte, wegen der vielen Wänste. Das Café hieß Kinderlos, der Altkleiderschober daneben Samtsam. Ein Wolkenbruch auf der Ossietzkystraße in 13187 Berlin trieb mich Soffi in die Arme. Sie dachte sich ihr Samtsam als eine gute Idee, »weil die Leute doch gern gut angezogen sind und immer mal wieder was anderes gern anziehen, aber das Geld nicht so reichlich vorhanden ist.«

Soffi war vom ersten Augenblick an so freundlich zu mir, dass ich sie für gestört hielt.

»Sie Ärmster«, sagte sie. Das war weit weg von all den direktesten Vermeidungen von Arschloch, die ich gewöhnt war und zu würdigen gelernt hatte.

In Soffis Laden hing ein großes Bild, es zeigte einen großen Fuß. Der Fuß sah gebrochen aus. Eine Bildunterschrift erklärte: »Der Schatten einer Rispe auf einem Rist«.

Ich haute mich gleich in einen vergammelten Sessel aus der Requisite der Endlosserie »Ein Leben aus 2. Hand. – Verschmäht sogar vom Hund.« Man ließ sich scheiden, man hatte Schulden, man favorisierte absurde Erziehungsideen, aber man machte kein Samtsam halbwegs auf der Exstasi-Magistrale von Pankow auf. Da kriegten selbst die Herrenhandtaschen der gewesenen Geheimnisträger Schüttelfrost. Wie schade, dass keiner aus dem Gernegroß mich so traulich mit Soffi in ihrem Samtsam sehen konnte. Das wäre noch mal eine Lachnummer gewesen.

Lukullisch gekeilt wurde das Samtsam von einem »Spätkauf die ganze Nacht mit Internetzugang und Telecafé« und ohne ein inschriftliches Komma, von einer chinesischen Schnellfresskonsole, in der ruchlose Vietkongs und andere Nordniems im Ruhestand Rattenköpfe schmorten – und von einer Berlinseuche namens Suppenküche, die »Kresse no more« oder so ähnlich, zum Glück aber nicht Aromaboutique No. 1 hieß. Da nun holte Soffi »was Warmes«, während der Ärmste für seine Beine einen weiteren Sessel heranzog. Aus Instinkt und Erfahrung wusste Texas, dass er bleiben sollte, um zu hausen. Soffi wollte, dass er sich etwas Trockenes anzog, doch hatte sie in seiner Größe nichts da. Es kam soweit, dass sie ihm ihre second best Plünen vorführte, jeder Wechsel vollzog sich schicklich hinter einem Paravent. Nicht, dass jemand gestört hätte. Der Laden passte so gut in die Gegend wie ein Grabstein auf die Kreuzung. Der potentiellen Samtsamkundschaft war vom Eintrudeln in Pankow-Hardcore noch ganz schwindelig.

## DER SICHERE WEG ZUM ZIEL

Ach, was sehnte sich Texas nach einer Frau, die scharf darauf war, ihm ein Kissen ins Kreuz zu schieben. Er wäre so gern mal wieder als erfreuliche Erscheinung aufgetreten. Am nächsten Tag brachte er einen Arm voll Kram aus Reginas Souterrainsammlung ins Samtsam. Damit war Texas Teilhaber am Geschäft. Zu dem Ladenlokal gehörten zwei rückwärtige Räume, darin richtete er mit Spockminzmann das Budocenter Pankow-Taifun Hauptstützpunkt ein. Die Nahkampfexperten rauchten das Dojo, koreanisch Dojang, voll, auf die paar Interessierten wirkte das irritierend. Aus lauter Mitgefühl organisierte Soffi für »ihre süßen Jungs« eine Frauengymnastikgruppe mit »leicht erlernbaren« Zweikampfkomponenten. Die Methode brauchte einen Namen. Texas verfiel auf »Der sichere Weg zum Ziel«. Das kam aus Wunschdenken. Texas verfuhr sich ständig in Berlin, die Bezirke würfelten wegen ihm ihre Standorte immer wieder neu aus.

Jungmänner aus der Nachbarschaft kreuzten zum Ablachen ab und zu auf. Spockminzmann, O-Ton: »Ich bin Faschist, selbst wenn die Oder bricht«, zerlegte sie mit kubanischem Würgen wie der Sagenheld im Ohnesorgtheater. So einen brutalen Zwerg hatte noch keiner erlebt. Texas saß mit seinen Marlboros in einer Ecke des Hauptstützpunkts und feuerte Spockminzmann an.

»Kann der auch was?« fragte wer. Aber im Grunde ihrer Herzen machten diese Ostberliner ihre Milzquetschungen lieber unter sich aus. Für sie war immer kurz vor Bier und zwei Stunden nach dem Aufstehen endgültig Schicht und viel zu heiß und schon wieder Regen und früher war alles besser, weil der Wedding ausgesperrt war. Manche nahmen am öffentlichen Leben in Schlafanzughosen teil.

Spockminzmanns nationale Front traf aus Weißensee ein und juxte mit in ihrer lethargischen Anhänglichkeit. Die Verhältnisse wurden allmählich unüberschaubar. Texas schlug eine Umwandlung des Budocenters Pankow-Taifun Hauptstützpunkt in ein Theater vor. Ihm schwebte eine Gernegroßdependance in Berlin als Hauptstützpunkt vor. Von Spockminzmanns Töle versprach er sich einiges als künstlerischem Leiter. Walter wusste sowenig wie sein Führer, dass in Drogerien keine Bücher verkauft werden. Allein, es blieb fraglich, ob die Welt schon reif war für einen geschlechtsirregeleiteten Hund als Direktor.

## BUSHIDO IN PANKOW

»Gernegroß ist linker Scheiß«, fand Spockminzmann. »Wir machen faschistisches Volks- & Aktionstheater«.

»Faschistisch kommt vielleicht nicht so gut im wiedervereinten Deutschland«, schützte Texas Bedenken vor.

»Faschismus ist Avantgarde. Die deutsche Zukunft gehört den deutschen Faschisten.«

»Apfelmus ginge schon eher«, modifizierte Texas den Vorschlag, »zumal in der Abkürzung Amus. Dazu lässt sich viel denken. Amusisches Volks- & Aktionstheater aka Gernegroß-Berlinsektion Hauptstützpunkt mit Nagelstudio an Internationaler Küche. Wie findest du das?«

Man einigte sich auf »Taifun-Samtsam – Nationale Kleinkunstbühne Hauptstützpunkt Pankow-Berlin-

Hauptstadt«. Das zog. Ich schrieb die Westsidestory zur Eastsidestory um, nannte meine Version eines modernen Klassikers »Bushido in Pankow« und gewann für einen theatralischen clash of civilisations grundsolide Migrationsassis aus Westbezirken. Umgehend brachten die arabischen und türkischen Laien Spockminzmann dazu, seine Rolle als Kiezterminator aufzugeben. Sie waren so engagiert, dass sie schließlich sämtliche Rollen unter sich aufteilen mussten, während die Nationalassis den Rückzug nach Weißensee antraten und die Headbanger aus Pankow in »Sandra's Nailart Camp« umzogen.

Ja, deutsch zu sein, war allenfalls partiell gut. Ich entdeckte ein eklatantes Beispiel für Selbststigmatisierung in den Nationalnarrenkappen, die ganz arme Landsleute wie Lightversionen des Gelben Sterns freiwillig trugen. Ich führte Soffi in Kreuzberg aus, da war ihr alles neu. Sie verachtete die Frauenzentrumsfrauen, veritable Vale Tudotypen. Sie geriet in Streit mit einer, der sie unterstellte: »Du willst doch bloß nicht blasen«, sie aß am liebsten das eingeschweißt angebotene Zeug aus Tankstellen und sagte TV-Food dazu. Ich erkannte in dieser Vorliebe ein Merkmal der Entwurzelung, war sie doch mit Bortsch und Soljanka groß geworden. Sie kam an keinem türkischen Wienerwald vorbei, ohne Appetit zu kriegen.

Es gab in Berlin keine Dönerbuden mehr, die nicht auch Grillstationen waren. Auch ohne Walter in leitender Funktion wurde »Bushido in Pankow« ein solcher Erfolg, dass Norbert, dieser opportunistische Nacktmulch in Ziegenpeter, das Stück im Gernegroß auf die Bühne bringen wollte. Plötzlich waren wir schon immer die besten Freunde gewesen, wenn auch nicht für lange. Norbert probte mit seiner Armeleutefresse und Laien vor Ort, es fehlten indes in dem von Grünen als arische Siedlung gegründeten Nordend Migrationsassis von echtem Schrott und Kümmel. Ich lieh ihm einen Kleinbus voll und fuhr selbst mit zu Proben und Premieren. Auch das hat Boris in seinem Bericht unterschlagen, wie ich im Triumphzug nach Frankfurt kam, damals, als Penelope Cruz mit dem Rauchen aufhörte und alle Welt daraus schloss, sie sei schwanger.

## PERSON GEWORDENE BLÄHUNG

Meine Assis kotzten in den Gernegroßgarten, Norbert versuchte vergeblich, sie zur Ordnung zu rufen. Sie erkannten ihn nicht als Obermotz. »Was denn«, sangen sie im tanzenden Chor (sie rechneten immer mit einer Kamera, sie waren unsagbar eitel und synchron), »das soll hier der Chef sein? Diese Person gewordene Blähung. Wo sind wir hier überhaupt? Gibt‘s das auch auf Landkarte?«

Das wurde dann zu einem die Zeiten überdauernden, geflügelten Wort: Norbert, die Person gewordene Blähung im Nowhereland, wenn man die Welt vom Wedding aus nicht verstehen wollte. Angeblich reichte Norberts längster Finger bis ins Außenministerium, bis hin zur Westerwelle, falls die noch im Amt war. Vermutlich aus Bescheidenheit machte Norbert keinen Gebrauch von der Westerwelle als befriedigende Instanz. Meine Vandalen aus dem Wedding tobten im Gernegroß, sie stifteten Liebesräusche bei Antje und Britta. Antje ging als »das Feuchte mit dem dicken Arsch« in die Geschichte ein, das theateraffine Deutschland lachte eine Saison lang über Antje. Es gab Antje mit geklontem Stinkefinger sogar als Poster.

Ich täuschte Boris mit Freundlichkeit, ich fürchtete, er würde zu schnell von der Fahne gehen und sich in seine randhessische Favela verkrümeln. Um noch überzeugender zu wirken, trug ich eine Brille. Ich wollte auf Boris ins Feinstaub reiten, aber noch nicht in jenem Jahr.

Tanja hatte sich krankschreiben lassen und ihren Urlaub für die nächsten zehn Jahre genommen. Sie war also nicht am Start, als das Nordend bebte und mein Name von der Hessenschau global gehandelt wurde.

»Das Wedding ist längst katholisch«, erklärte ich dem Widerlichsten aller Mulche, um fortzufahren: »Und so wird auch das Nordend bald ganz katholisch sein.«

Der Widerlichste war Kleineglatze, eine nässende Figur aus dem Vorstand des Gernegroß. Er hatte sich vor mir immer wieder mit den Vorzeichen einer bedeutenden Erscheinung inszeniert. Ich fand es angebracht, Kleineglatze zu zeigen, was bedeutend eigentlich bedeutet. – Dass man dazu begabt sein muss. – Und dass begabt sein etwas anderes ist als bekloppt sein. – Und wo ich seine Begabung als verseuchten Wurmfortsatz vermutete. »Gott hat uns mit unseren Ärschen geschaffen«, sagte ich, »dass sie zu üblen Zwecken dienen und im Weiteren zurückhaltend sind.« – Was für ein schönes und zugleich notwendiges Wort: »Mein Arsch ist so zurückhaltend«.

Dann war ich wieder in Berlin, Soffi züchtete Tomaten auf ihrem Balkon. Sie blieben grün. Soffi verbesserte ihr TV-Food mit frischem Basilikum. Sie sagte sowas und redete so: »Ich wusste nicht, wie du dich befindest.«

Wir führten gute Gespräche über das katholische Laientheater in seiner zeitgenössischen Ausprägung. Soffi verstand unter Katholizismus zumal etwas Sozialistisches und Sozialismus hieß, weg mit den Plünen und rein in den See. Stoned wurde Soffi von den nostalgischen Abgasen jeden Zweitakters. Nun fing sie an, mich meiner kleinen Übertreibungen wegen zurechtzuweisen. Das fand ich langweilig.

## ZUR FRANKFURTER FESTUNG

Ich zerlegte das »Taifun Samtsam« in einen pakistanischen Fahrradladen (mit Anmutungen eines Hehlereikompetenzzentrums) an der Wollankstraße, der alte Carl Friedrich Wollank war seinerzeit kinderlos geblieben. In einem demokratischen Meinungsfindungsprozess bestimmte ich wen zum Direktor im neuen Hauptstützpunkt. Damit war ich aus dem Schneider. Aus Soffis »Samtsam« machte ich ein urhessisches Lokal, mit versautem Apfelwein. Ich nannte es »Zur Frankfurter Festung«. Viele Berliner hatten von Hessen noch nie gehört. Sie kannten schwäbische Bäckereien, fränkische Weinstuben, Pfälzersaumägen, rheinischen Sauerbraten und thailändischen Junk, aber was wussten sie schon von Handkäs und Rippchen mit Sauerkräutern? Nichts wussten sie, und so wusste auch das potentielle Personal nichts, all die verrenteten Khmer Rouge und sächselnden Exafrikaner. Ich wollte schon »das Klo« aus der kooperierten Küche importieren, das ja auch nicht hessisch war. Es bot sich dann aber Tanjazwo als flexibele Arbeitskraft an. Sie lenkte gern ein, in ihrer angeborenen Bequemlichkeit. Männliche Attraktivität dachte sie zusammen mit dem Geruch von Ledersitzen in einem beachtlichen Fahrzeug. Tanjazwo hatte ihren Spaß an hormoneller Kraftmeierei. Sie stachelte mich auf und war belustigt.

Ich brachte ihr Grüne Soße bei, die Zutaten sammelten wir an den Ufern der Panke. Sehnsüchtig dachte ich an die ehrlichen Kräuter aus Oberrad. Doch wäre es mir nie in den Sinn gekommen, den Berlinern die Wahrheit über Grüne Soße zu offerieren. Sollten sie ruhig dumm sterben. Knapp formuliert, ich verging vor Heimweh. Es gab Stunden, in denen ich mich auf den Straßen des Nordends lieber hätte rädern lassen, als, wie im Herz der Finsternis, ein fremder König der Eingeborenen von Pankow und Umgebung zu sein. Für mich war der Berliner eine Kreppel und gut iss.

Ich gab meine finsteren Absichten als Wohltaten aus. Ich sah mich im Kreis der Kompaktesten (wüster Hundertjähriger) am Stammtisch der Kooperative von meinem Fischzug im Auenland der Panke erzählen. Auch in Frankfurt war auf Sumpf gebaut worden. Ich benannte die Tische der Festung nach Straßen im Nordend. Der größte Tisch war »die Glauburg«. Meine Leute sagten »Klauburg«, das erschien ihnen plausibler als der Eigenname derer von Glauburg. (Ursprünglich gebürtig aus der Gegend von Büdingen.)

Ich träumte von den Außenklos der Gernegroßanlage. Das waren großartig verbaute Verstecke, in denen Igor, der fürchterlichste aller Frankfurter Hausmeister (überall da, wo es was zu holen gab, war Igor der Hausmeister), Sachen hortete, die angeblich aus Notverkäufen stammten. Weil einer sonst kein Geld mehr für seine Titanic und den Tabak hatte. Diesen ganzen Grundigkram aus der Gründerzeit der Tonbandtechnik hatte dieser eine nur abgegeben, weil ihm das berbereske Kleingeld fehlte.

So gingen die Geschichten am Stammtisch, ich hörte immer noch mit, hatte ich doch das Gernegroß in seiner ganzen Filialität gehörig hellhörig gemacht. Ich war da wie ein Geist, wie ein vielstimmig geschmähter Geist, muss man sagen. Ich kam mir so vor, als hätte ich eine Regierung gegen mich aufgebracht. Der potente Zorn schmeichelte mir, ich fühlte mich großartig und bereit für Mord zu Totschlag. An dieser Stelle meiner Existenz sollte die Spreu vom Weizen getrennt werden, auch wenn ich dabei draufgehen würde.

## BERUFSBILD: AUFTRAGSMÖRDER

Soffi spezialisierte sich auf Existenzgründungspläne. Jedermann wollte selbständig sein desaströses Schicksal schmieden, die meisten mit Nagelstudios. Auch die Medienagenturen und literarischen Hilfsarbeiterdienste hießen inzwischen Nagelstudio oder Spätkauf. Vermutlich wollte sich auch der Anfänger selbständig machen, den Norbert und Igor auf mich als Killer ansetzten. – Berufsbild: Auftragsmörder.

Vermutlich hatte er seinen Ausbildungsweg via Nagel-Aufsatz- und Zubaustudium in einer Nachtapotheke absolviert.

Ich hatte mich unglimpflich zu Norbert im öffentlich-rechtlichen Fernsehen geäußert. Igor befürchtete Schlimmeres. Sämtliche Stammtische waren eingeweiht, das Nordend schwieg wie ein Mann. Bloß meine satellitengestützte Abhöranlage ließ sich zum Schweigen nicht einweihen. Im schwermütigen Brüderlichkeitsgebrumm der Kooperierten wuchs Igor sich zu etwas so Unermesslichem wie der Kaukasus aus. Er war nur notgedrungen Mannschaftsspieler. Ein S. Lem-Typ und Staatsfeind aus abgrundtiefem Ressentiment. Er brütete gern über seiner Scheiße und verbreitete sich darüber mit ausgesuchten Formulierungen. Böse Zungen behaupteten er habe in den harten Zeiten der Aufteilungskämpfe im Nordend Kleineglatze mit einem Bembelstocker anal abused. Allerdings könnte das auch das letzte Vergnügen für Kleineglatze gewesen sein, sowas weiß man schließlich nie so genau.

## SITTING BUDDHA

Man wollte mich also umbringen und kam darauf zu sprechen, während eine Runde Kaugummis von den Sohlen gekratzt wurden. Das war ein Ritual in kooperierten Kreisen. Ich sah die Herrschaften vor mir, manche hatten ihre Fahrradhelme groovy auf den Hirnersatzverschalungen geparkt und Teddybären wie Rucksäcke geschultert. Alkoholleichenhügel am

Rande des Geschehens. Es war alles wie immer und immer würde es so bleiben, im Eigenluftverbrauchsbereich ewig Halbstarker so wie Norbert, Igor und Sitting Buddha, wie der harte Mike auch genannt wurde. Ja, bevor er mich einstellte, wollte er mich erstmal ausschalten, er war die treibende Kraft des Kompotts. Man schickte dann Lars los, Lars, den Eimer. Sie haben bestimmt schon von ihm gehört. Eines Tages entdeckte ich ihn mit dem Stadtplan von Bochum im Volkspark Friedrichshain. Er suchte jemand mit Verständnis für sein Desaster, er war noch nie aus dem Planquadrat seiner Zeugung herausgekommen, außer natürlich auf die Malediven und in die Dominikanische Republik und andere überseeische Randerscheinungen des Nordends. Armer Eimer, dachte ich, das wird doch nie was. Viel später und nur bei besonderen Gelegenheiten sollte sich Sitting Buddha mit dem kunstvoll getackerten Ohr schmücken, dass ich ihm per Post zukommen ließ, gleich nachdem ich den Eimer kaltgestellt hatte. Es erbot sich ferner »das Klo« aus der Küche der Kooperative, mich plattzumachen. Sitting Buddha lehnte das ab, sonst wäre auch noch das Klo im Eimer gewesen. »Klo kaputt«, wie man in Kreuzberg zu allem sagt. Das Klo hat in Koblenz einen Bruder, der wurde auch einmal angesprochen.

## NATASCHA

Es war zum nochmal jung werden. Der kooperierte Stammtisch erwog eine Klassenfahrt nach Berlin, man wollte mir einen brutalen Besuch abstatten. Aber dazu reichte es bei keinem. Ich war der Stärkste, ich hatte das meiste Geld und die besten Verbindungen. Das war eine schöne Einsicht in mein eigenes Leben, zu der Zeit, als ausgerechnet in Katalonien der Stierkampf verboten wurde. Im Juli flog ich mit einer von Russen gecharterten Air France-Maschine von Tegel via Aéroport Charles-de-Gaulle in den brasilianischen Winter. Die Reise war ein Alptraum in magischen Farben, mit Aspekten eines Durchgangssyndroms. Bei dreißig Grad im Schatten erwartete mich in Rio eine Travestiekünstlerin im Pelz. Das war Silvi, ein altes Emigrantenkind, das in den 1970iger Jahren nur deshalb nach Paris gefahren war, weil sie auf einen bestimmten, damals nur in Paris zu kriegenden Nagellack schwor. Inzwischen waren viele Veränderungen mit ihr durchgegangen, ihr kaputtes Deutsch gefiel mir immer noch. Noch war sie eine Anfängerin in ihrer Bedürftigkeit. Sie war vom Schicksal erst vor Kurzem in die Ecke gestellt worden. Sie warnte vor den Unterströmungen des Atlantiks. Sie erzählte von einem Straßenjungen, undankbar und wild, den man ihr weggenommen hatte . . . bis ich verstand, dass er von Polizisten totgeschlagen worden war wie eine Katze im Sack. Das war üblich in Rio, die Ladenbesitzer zahlten dafür, um ihrer Kundschaft den Anblick von Lumpen zu ersparen.

Silvi wohnte in Ipanema, in der Straße, in der Lady Di einst Babywäsche für ihre Prinzen gekauft hatte. Wir fuhren zu Reginas Besitzungen auf dem Land, Silvi machte für sie die Hausmeisterin. Ich wohnte in einer stillgelegten Ferienanlage mit Hunden zusammen, die wie degenerierte Löwen aussahen. Tanja hätte ihre

Freude an den Viechern gehabt, ich konnte mich mit ihrer Gegenwart allenfalls abfinden. Sie regierten das Terrain, ihnen zu Ehren sangen die Leute der Gegend ein Hundelied. Der Atlantik war pisswarm, mit den Hunden und den Leuten stimmte was nicht. Ich fand ein russisches Präzisionsgewehr, taufte es Natascha, und übte damit in so einer Oliver Stone-Landschaft. So hätte ich mich auch gern mal auf der Rohrbachstraße auf die Lauer gelegt. Rechnet man die Häuser ab, könnte man durchaus vom Haupttor des Günthersburgparks aus einen Treffer in Höhe der Friedberger Landstraße landen.

## VERDUFTETE MILDE SIEGER

Regina bat mich, für sie in Irland nach ihren Rechten zu sehen. Ein Quartalssäufer namens Iwan betrieb für sie einen Woolstore bei Limerick. Die Halle, in der das Flies lagerte, war so groß, dass man sie nur mit einem Fahrrad bequem durchqueren konnte. Ich lernte, dass Lammfell am Nacken besonders kräftig und am Bauch besonders fein ist. Iwans Großeltern waren russische Kollaborateure in der Ukraine gewesen, die mit deutschen Truppen in das zerschlagene Reich gedroschen worden waren. Als sie die ersten Amerikaner sahen, hielten sie an, um zu bleiben. Sie gaben sich als Oberschlesiendeutsche aus, ihre Papiere hatten sie dem Vernehmen nach auf der Flucht verloren. Dann vertrat die Sowjetunion die milden Sieger und die Legende wurde brüchig. Der Großvater verschwand ohne einen Gruß, die Großmutter floh mit ihrer Brut westwärts. Man kann soviel überstehen, der Mensch erkennt sich in seinem Mut und in seinem Erfindungsgeist. Davon handelten die Gespräche mit Iwan, solange er nüchtern sein mochte. Wie der harte Mike, erschöpfte er sich in Gesellschaft von Leuten, die ihm nützlich waren. So ein Betrieb kommt nicht aus ohne Männer, die im Widerstand gegen ihren natürlichen Niedergang Löcher in Wände bohren, Wände umlegen und ganze Häuser zum Einsturz bringen. Zu denen wollte ich gehören und im Sog der Schlepperdienste allmählich untergehen, so wie es sich gehört.

## DER MIT DEM BESEN TANZTE

Embrace your enemy.

Über mich befand die Nachwelt schon zu meinen Lebzeiten. Die Berliner Zeitung nannte mich »den magischen Mentor einer Frankfurter Exilgruppe in der Hauptstadt«. Ich war aber der einzige Frankfurter in der »Frankfurter Festung« und in meinem Gernegroß Hauptstadt-Hauptstützpunkt & Wushu-Spätkauf spielte keiner mehr mit, der auch nur deutsche Eltern hatte. Der Durchlauf war gewaltig. Jeder Besuch erstaunte neue Protagonisten, bloß weil die dachten, da kommt der liebe Gott in all seinen kruden Gestalten. Frankfurt wechselte die Strategie. Ausgerechnet Igor gab, polnisch moduliert und genauso prosaisch, die Parole aus: embrace your enemy. Na klar, er hatte den meisten einfach zu sanktionierenden Dreck am Stecken. Nur die Subalks, gleichsam die Klos beider Welten, fühlten sich von diesem Kurswechsel um ihre Ranküne betrogen.

Norbert hielt nun Kontakt. Im Nordend stärkte er seinen Leuten den Rücken. Hinter den gestärkten Rücken verhandelte er mit allem, was für ihn nach höherer Charge aussah. Er herrschte mit einem Dünkel. Er steckte in einer Klemme zwischen Größenwahn und Selbstverachtung. Norbert biederte sich an, ich glaube, ohne es zu merken. Ich schoss mit Mücken auf Kanonen, dies tat ich aus Langeweile. Tanja schrieb mir einen ferngesteuerten Brief, ich freute mich über das Lebenszeichen. Ich war ihr furchtbar auf die Nerven gegangen und eigentlich ging es mir nur darum, Boris meinen Standpunkt klarzumachen. Ich hatte ihm nie etwas getan, er hatte mich aber verarscht und so den Lauf meiner Biografie Hessen entfremdet. Ich wollte weiter nichts, als dafür einen Preis aussetzen.

Ich memorierte die Szenen, die mein Bildmaterial dominierten, die durchschlagensten Beispiele dunkler Stunden im Gernegroß. Diese Verständigungen über meinen Kopf hinweg. Man hatte sich erhaben gefühlt, jetzt war ich an der Reihe, über Köpfe hinweg zu reden.

Also schrieb ich ein Stück über Gott am Ende seiner Kraft, einen katholischen Reißer am Riemen der geschlossenen Gesellschaftsverhältnisse im Nordend. Man hätte die Hauptrollen glatt mit dem Gernegroßbodenpersonal besetzen können, mit den ganzen zum Fegen bestellten Murksknöpfen. Ich hatte mit dem Besen getanzt, in der Zeit, als immer nur Elvis gehört worden –, und Tanja mit Boris wie ein Paar zum Aufbruch angetreten war. Dass die beiden das nur für mich getan hatten, erschien mir nun wie vorweggenommene Probenarbeit.

Soffi gab es auch noch. In dem untergegangenen Land ihrer Herkunft war man mit dreiundzwanzig schon Spätgebärende. Nun war sie bald vierzig und wäre so gern einmal Mutter geworden. Sie sah eine Säugende und fragte: »Möchtest du nicht auch meine Brust in den Mund nehmen?« Das habe ich mir nicht ausgedacht, sowas kann man sich nicht ausdenken – und zum Aushalten war das natürlich auch nicht.

## ALS TOP-TALIB IN KASSEL

Warum leckt sich der Köter die Klöten . . .

Ach, Kassel mit seinen hundertvierundneunzigtausend Einwohnern auf 106,79 km². Ja, Kassel war der Schauplatz von Norberts Kindheit, einer verleugneten und geschmähten Kindheit, muss man sagen. Norbert, der damals noch nach seinem Patenonkel, einem Kommunalpolitiker ohne Format und Fortune, Willi gehießen wurde, rebellierte gegen die Daseinsbedingungen eines Dreikäsehoch. Er fand sie unwürdig bis zur Grundgesetzwidrigkeit und legte dazu ein Hieroglyphenpamphlet vor, das im Kasseler Rathaus gemeinsam mit den Insignien der mythischen Gründung der Stadt verwahrt wird. Willi, der Norbert, war ungemein frühreif, sowas kostet Kraft, die kann man nicht für dreieurofünfzig in einem Batteriengeschäft nachkaufen. Er war ein Greis nun in seinen besten Jahren.

Norbert hatte mich zu einer Geheimkonferenz nach Kassel gebeten. Wir trafen aufeinander im Schlosshotel von Wilhelmshöhe, wo schon Brandt und Stoph zusammengekommen waren, zwei Willis im Jahre 1970. Seiner Präpotenz wie ein Knecht sklavisch gehorchend, behauptete Norbert als dritter Willi im Bunde der Volksvertreter dabei gewesen zu sein. Er warnte eindringlich vor einer Veröffentlichung unserer Begegnung, das könnte alles gefährden, vor allem jedoch den harten Mike gegen ihn aufbringen. Seine Leute hielten ihn für die Sturmspitze im Kampf gegen Texas, diesen im Aufstand gegen eine tausendfache Übermacht gewonnenen Staat, dessen Name ich die Ehre habe. Norbert unterdrückte einen Anflug von guter Laune. Er denunzierte das Gernegroßpersonal, er war zu schwach für einen Spaziergang zum Herkules.

»Sie verteidigen ihre untere Mittelmäßigkeit«, sagte Norbert. »Sie sind so leicht in Frage zu stellen.«

»Aber ich will sie doch gar nicht in Frage stellen«, erklärte ich verwundert. »Was habe ich mehr getan, als das Feld ebenso lautlos wie gründlich zu räumen?«

»Wir wissen doch beide, dass sich nichts schwerer aus der Koordination schaffen lässt als des Nießnutzes Nimmersatt aus Vermutungen.«

Norbert nannte Boris einen Fehler, den er nicht mehr rückgängig machen konnte. Er habe ihn zu hoch bewertet, wie eine Pikdame, die als Kreuzass trumpfen soll und doch nur die Hand verdorren lässt.

Ich sah Norbert ungern einsichtig. Mir gefallen Männer in ihrer Bereitschaft, sich für nichts zu schlagen. Vernünftige Ziele mit den Mitteln des richtigen Augenmaßes zu verfolgen, ist Frauensache. So läuft der Hase der Evolution geradeaus.

»Laß Boris leben«, bat Norbert verzagt.

Ich erwog, das zu erwägen und bog indes das Blaue von jener Kirchturmspitze, auf der kein Hahn je im Pfeffer lag. In den Sinn kam mir eine Frage, die Tanja mir in Zukunft zumal stellen würde: »Warum hast du das getan?«

Ich kannte schon meine Antwort. Sie lautete mit einer Gegenfrage: »Warum leckt sich der Köter die Klöten?« – Und liegt im Nachsatz nicht der Grund, aus dem alles geschieht, einschließlich des Unterbliebenen?

Norbert bot mir eine stille Teilhaberschaft am Gernegroß an. Er war an einer klandestinen Zusammenlegung der Betriebe in Berlin und Frankfurt interessiert. »Solange Berlin Hauptstützpunkt bleibt, soll mir das recht sein«, moderierte ich vor mich hin. Auch davon wusste Boris nichts, als ich kaum ein halbes Jahr später als Mann der Kooperative im Nordend wieder in Erscheinung trat: dass ich sein Chef war. Allerdings muss man sagen, einer von ungefähr siebenundzwanzig Chefs, denn es ist nun mal eine Tatsache, dass der heimliche Zweck des Gernegroß darin bestand, Chefs zu generieren. Selbst Kleineglatze war mit Igors abgebrochenem Bembelstocker auf Wanderschaft in seinen degoutanten Innereien für irgendwas oder wen Chef.

In den Geschichten der Gernecrossies kam ich als Top-Talib vor. Norbert fuhr dann wieder nach Frankfurt, während ich, einer Bitte folgend, seiner Mutter einen Besuch abstattete. Bald darauf flog ich nach Texas, um mir die Premiere eines Billy-the-Kid-Musicals anzuschauen. Ich saß neben den Bushs, wir kamen nett ins Gespräch, bei der Aftermacchiatoparty.

Interessanter noch fand ich einen direkten, gleichwohl illegitimen Nachfahren von Jim Bowie, der seinen berühmten Familiennamen wie Boy aussprach und eine Renaissance des Ringens erwartete. Ich stimmte zu, der waffenlose Nahkampf in seiner aktuellen Auslegung geht den Weg hin zum reinsten Erwürg-den-Hermann. Man nimmt wie harmlos Kontakt auf, führt eine Hand über die dynamisierbaren Gegnerkomponenten, schlägt einmal zu, um zu schockieren, und rumpelte dann, wie einst im Sandkasten, Richtung Schwitzkasten plus Kniekaputttreten mit mindestens viert. Bis endlich die Handkante zum Kehlkopf Feierabend sagt.

Ich habe in West-Texas gute Freunde in einem Schützenverein. Die zurückgelehnte, republikanische Art meiner brothers in arms entzückt mich. In ihrer Welt werden Probleme erschossen.

Mit Skip, meinem Schießlehrer der ersten Stunde, und Mara, meinem Blutsbruder als Schwester, ritt ich gen Fort Sumner in New Mexico, um Billy the Kid‘s final resting place zu besichtigen. Keine knappe Woche später landete ich in Frankfurt und stattete sogleich dem Feinstaub an der Friedberger Landstraße einen Besuch ab. Vier Crossies saßen vor der Tür an einem harten Tisch und Antje, das lose Maul, fragte ungehalten: »Bist du Unterassiwichser immer noch nicht tot?«

Ich trat den Tisch der Crossies um und fand dazu die Worte: »So macht man das in Kassel.« – Und das ist wahr, in Kassel macht man das so.

## TRÄCHTIGE SAU

Die Crossies sahen im Feinstaub der Friedberger Landstraße vergammelt aus. Sie wollten weiter nichts, als post-hippie'esk vor sich hintrödeln. Das war definitiv noch nicht einmal regionalrelevant. Antje hatte jeden Versuch in Verzug gebracht, in meiner Gegenwart ein fröhlicher Mensch zu sein. In ihren bis zur-Brackigkeit tiefgelegten Verhältnissen wähnte sie mich zum Abschuss freigegeben, ihre Verachtung wog so schwer als würde sie eine kapitale und ihrerseits bereits bemerkenswert trächtige Sau austragen.

## ANGENEHM TOUGH

Ich war in Frankfurt, um mit einem wahren Freund zu trainieren. Abends untersuchten Daniel und ich Bornheimer Belustigungen auf ihren Wushu-Gehalt. Wir betrieben Gong fu abstrakt. Im Dünckerbunker (die Laube als Katakombe) trafen wir Tanja und Rocko. Die Wiedersehensfreude trieb mich Tanja mit Vorschub in die Arme. Sie war noch immer verstockt, freute sich aber doch. (Die Freude hing zur Erdrosselung bereit am Haken ihres schlechten Gewissens.) Rocko suchte vom ersten Augenblick unserer Bekanntschaft meine Freundschaft. Wir lagen uns und waren uns gewogen. Ich fand Rocko angenehm tough und hoffte, dass er mich auch so sah. Allesamt waren wir gut beieinander und froher Dinge. Tanja drehte auf, so wie nur sie es kann. Sie machte sich über ihre Kollegen lustig, ihre Respektlosigkeit ging mir nahe zu weit.

»Das sind doch deine Freunde«, ermahnte ich Randanja.

Tanja äffte Norbert nach. Norbert in seiner Sorge. Norbert in seinem Kummer und ganz vergrämt wegen Boris' Fehlleistungen.

»Boris weiß es nun mal nicht besser«, wiegelte ich auf und ab. Ach, es war ein Fest, das wir im Düncker miteinander erleben durften. Doch rumpelte ich noch vor dem grauen Morgen (in einem vor Kälte pockigen August) Richtung Sibirien.

## KASSELER DIALOG I

»Was bist du für ein komischer Vogel?«

»Für so jemanden wie mich reicht deine Fantasie nicht.«

»Heißt das, du kriechst gleich auf's Maul?«

Also wohnte ich eine Weile bei Norberts Mutter, historisch betrachtet schon sehr in der Gegend von Plaste und Elaste. Die brave Frau bat mich, Mutti zu ihr zu sagen.

»Die Frauen haben das Weinen und das Lachen in derselben Tasche«, behauptete sie. Mit solchen Sprüchen hatte sie Norbert aufgezogen, nun verstand ich ihn besser in seiner Deformation. Er war lange Bettnässer gewesen. Gegreint hatte er früher angeblich wegen jeder Scheibe Leberkäse.

Jetzt war früher vorbei. Der Herkules war eingerüstet. Seine Landschaft schien aus dem Gedankenwelt eines Schizophrenen geschöpft. Alles machte so psycho-delight seinen Eindruck. Dazu lauter runterregulierte Lebensläufe. In manchen Ecken gab es mehr Deutschlandfahnen als Häuser. Im Übrigen gab es nur zwei Geschlechter: männlich und sächlich.

Die grauen Gesichter alter Studenten. Ein von einem Auto erfasstes Reh flog über eine Hecke und erschlug den Rentner in seinem Garten. Eine Biene wagte es, in meinem Kaffee abzusaufen. Ein Achim war noch mit fünfzig jederzeit die Bank an der Tür. Ich dachte, das Faktische ist auch wahr, aber wen interessiert das?

Ich war mit meinem Größenwahn allein, es sei denn,

Norbert fand die Welt ohne mich zu öde. Er erzählte dann jedem Kasseler Kellner, wie lange er die Kneipe seines Arbeitsplatzes schon kannte. Norbert erwog, in Kassel was Großes aufzuziehen, aus sentimentalen Gründen. Aus praktischen Gründen erwog er eine Rückkehr in sein Kinderzimmer. Das entsprach einem amerikanischen Trend.

Wir redeten über Antje.

»Für ihre Entwicklung ist es wichtig, dass sie ungestraft ihren Empfindungen Hauruck verleihen darf«, empfahl sich Norbert als psychologischer Ratgeber.

Während ich auf der Couch seiner Mutter lag, entdeckten mich Crossies laufend im Nordend. Sie waren von mir besessen.

## SCHARADEN DES NEBELS IM HABICHTSWALD

Auf Mulis zogen Norbert und ich durch den Habichtswald. Radfahrer riskierten grässliche Bemerkungen über Norberts guten Schuhe. Norbert sichtete einen Seeadler. – Einen Seeadler über Kassel, das ist Norbert. Er war mal vor einer Bache getürmt und im Regen beinah einmal ertrunken. Ein Reweballon entschwebte unseren Blicken. Sein Fauchen verfolgte uns. Durchs Unterholz brachen Verbindungsdeppen mit ihrem Initiationsspielzeug.

Der Geruch von frisch geschlagenem Holz. Ich trieb das Wesen unter meinem Arsch in einen Dom aus Brennnesseln. Die Brennnesseln bogen sich hoch wie Farne in einem prähistorischen Wald.

Der Alarm der Pilze auf quellendem Moos. Die Scharaden des Nebels. Ein Käfer träumte von Pistazieneis. Ein Specht spielte auf seinem Schnabel. Es rotteten sich die Waschbären zusammen, um sich widergängerisch gegen Norbert zu erheben. Auf vielen Bäumen stand »Norbert, du demliches arschloch, färpis dich«, exakt in dieser Schreibweise. Die Waschbären hatten zuviel Baumschule geschwänzt. Die Zersetzungsgeräusche des Waldbodens wirkten betäubend.

Schleimspuren auf Steinen. Schimmel allenthalben. Norbert grub den Wald um, auf der Suche nach einem Kattengrab. Zu gern hätte er mit altem Beigabenzeug den harten Mike beeindruckt. Er fand Fässer voller nicht gekennzeichnetem Giftmüll. Ich ließ ihn schürfen und machen, da wuchs sich was ins Pathologische aus. Mir war das gleich, aber die Schuhe litten natürlich.

Norbert suchte nach Ausblicken seiner Kindheit, aber der Wald hatte ihm zuliebe nicht aufgehört zu wachsen. Ich gab ein paar pornografische Erinnerungen zum Besten, dann diskutierten wir wieder die Frage, ob man Blut rauchen kann.

»Und wie ist das bei Kräuterquark?«

»Alle verkehrsberuhigten Zonen gehören auf den elektrischen Stuhl«, erklärte Norbert mitten im Wald. Inzwischen wuchsen ihm die Pilze aus den Ohren. Er war mal in einem Puff untergekommen, inzwischen sei er dem Puffpersonal aber gänzlich unbekannt. So montiert Norbert seine Beispiele für Tragik bis auf den gestrigen Tag.

## NORDHESSISCHE TRAUMATISIERUNG

In seiner Kindheit hatte sich Norbert mit Einsamkeit geschützt.

»Wir werden bestimmte Dinge füreinander tun müssen«, glaubte er. Er hegte die Befürchtung, dass ich ihn für eine Milchwurst halten könnte. Als debiler Solist trat er in Altenheimen auf. Norbert moderierte Dauertanzwettbewerbe für Achtzigjährige und engagierte dafür ferner eine Kunstfurzerin und ein mathematisch begabtes Meerschweinchen. Das alles hat Boris in seinem Bericht unterschlagen, wohl weil es ihm nicht passte, wie gut ich mich mit Norbert verstand.

Norbert begriff sich als der letzte Weltgeschichtemacher in Hessen. Der Stolz auf seine guten Schuhe machte die Leute hirschig. Sie waren nirgendwo mehr als in ihrer Ablehnung zuhause.

Die Kasseläner, Kasselaner und Kasseler hassten Norbert, sofern sie ihn kannten. Solche, die ihn nicht kannten, verwechselten ihn mit einem berühmten Vergewaltiger. Der Mob wollte lynchen und petern, ausgerechnet auf dem weiten Platz vor dem Staatstheater, ich intervenierte. Keine Ahnung wieso.

»Der gehört ins Gulag«, schrien die Leute. Norbert verstand »ins Goulasch«, mich nannte er Armenius, der von den Römern abgefallen war so wie ich einst von den Crossies. Er wollte mich zurück in den Dunstkreis seiner Frankfurter Fahne locken. Plötzlich fing er von den armen Untermenschen an. Der Verband sozialistischer Kleinwüchsiger in Wetzlar hatte ihm den Ehrenvorsitz angetragen. Unter den drei Siegeln der Geschwätzigkeit vertraute mir Norbert das allergrößte Gernegroßgeheimnis an. Boris sei doch einmal bei Tanja im Bett gelandet, die Voraussetzungen des Vollzugs seien indes nicht gegeben gewesen.

»Verstehst du?« fragte Norbert verschwörerisch. Da aß ich gerade Pfannkuchen mit Ananasspeck.

Boris sei inzwischen soweit, dass er komische Übungen mache, um die Muskulatur im Hintern zu stärken.

»Es geht um seine Autorität«, präzisierte Norbert. Beinah wimmerte er.

## KASSELER DIALOG II

»Was war nochmal mit Röntgen und Kassel?«

»Röntgen kam doch nit uss Kassel, das war Reuter. Der Reuter hott denne nach London gemacht und für die Engeländer Arbeitsplätze geschaffen. Typisch ist das.«

## DER RAMSCH IN SEINER ZEITGENÖSSISCHEN FORM

In Kassel hatte die Nachkriegszeit nie aufgehört. Nichts hatte sich seit dem Freitod des Führers auf dem Friedrichsplatz geändert, sah man vom Ramsch in Farbe, Form und Material einmal ab. Immer war die Küche schon zu und ein Gruß schon zuviel. Ich fand Gefallen an der Kasseler Lebensart.

## AYURVEDISCHE WASCHSALONS

Das war so zur Zeit des großen Metzgereiensterbens in Kassel sowie in Homberg/Ohm und Homberg/Efze gleichermaßen. An die Stelle der Metzgereien rückten ayurvedische Waschsalons. In den Gaststätten sangen die Leute »Hoch auf dem gelben Wagen, sitze ich beim Führer vorn«. In ihrer Geschichtsvergessenheit verwechselten sie Walter Scheel mit Walter Ulbricht.

Norbert verfügte den harten Mike in seine Heimat, auch Mike hätte den Weg der Frankfurter Erben nach Ibiza wählen und ewig mit Sven Väth Party machen können. Stattdessen verfolgte er den »Weg zum wahren Reiki-Meister«. Für Norbert hatte er die Titel »Die Darm-Reinigung« und »Lebensaft Urin« im Gepäck. Sitting Buddha bat um Vergebung, mit dem bemerkenswerten Zusatz: »Da wir doch Gott auch duzen«.

»Ich bin kein jesuales Backpfeifengesicht«, sagte ich pro forma und wegen der Etikette. Damit hatte sich das. Ich war anerkannt und amtlich genehmigt als Katastrophe, das reichte zur Genüge. Nun wusste jeder auf Rheinmain, dass ich auch dem Teufel die Eier auszureißen bereit war, in einem veritablen Stimmungshoch. Populus hessiorum heißt es übrigens erst ab dem achten Jahrhundert christlicher Zeitrechnung.

»Boris ist bloß noch als Arschloch akkreditiert«, beeilte sich Norbert die Stimme seines Herrn auf der Schleimorgel zu begleiten. »Selbst seine Fürze verblassen vor Neid auf dich. Dem leiht keiner mehr auch nur noch sein Gebiss.«

Ich überließ es anderen, Blödsinn zu erzählen.

»Möchtest du, dass Antje gefeuert wird?« fragte Norbert. Ich stellte mir »das Klo« im Kassenhäuschen vor und entschied folglich, dass Antje noch bleiben dürfe. Da waren die Herrschaften schon wieder beim humanen Ballast, dem der harte Mike und der wie Hitler magenkranke Norbert bevorstanden. Der humane Ballast waren meine Kollegen. Unter meiner Ägide sollte ihnen Würde zurückgegeben werden.

Im Martin Schmitz Verlag erschien auch:

Tine Köhl & Jamal Tuschick
Die Apfelweinkönigin
oder Der Himmel über der Humboldtstraße
168 Seiten, ISBN 978-3-927795-54-9

www.martin-schmitz-verlag.de
order@martin-schmitz.de